その医用画像、異論あり

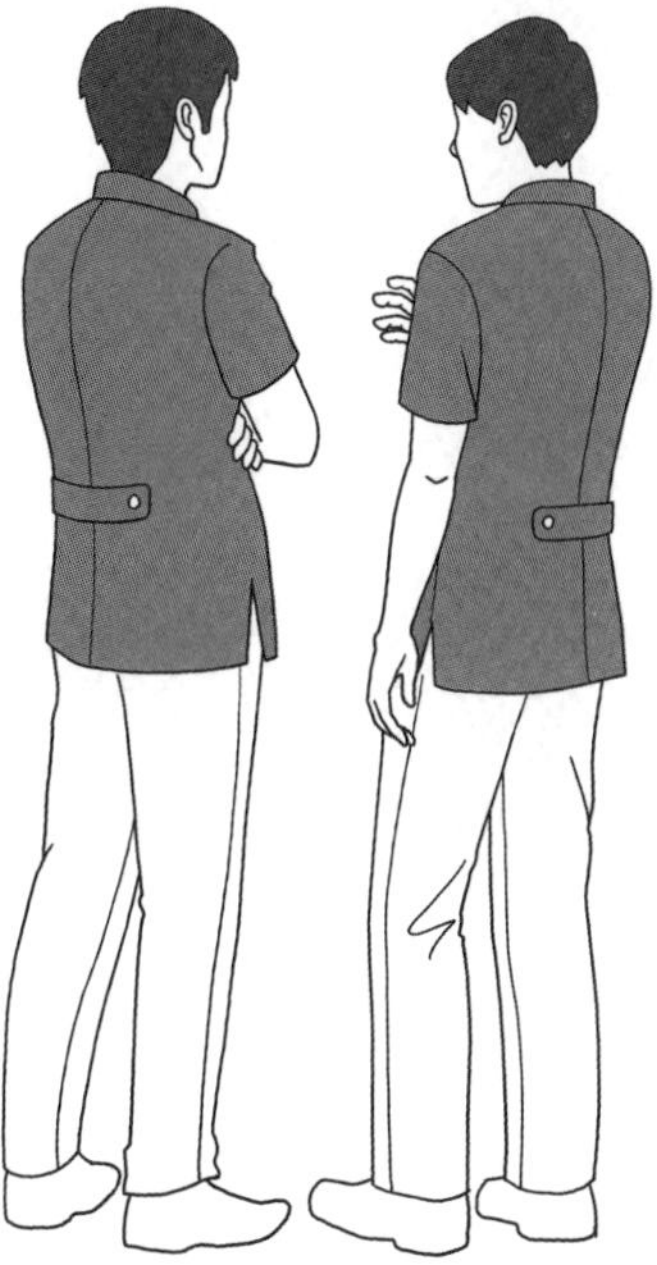

東 将吾

ダイヤモンド社

その医用画像、異論あり

装丁　中野好雄
装画　村野千草

目次

プロローグ

悪夢

そこはまるで、銀行の小さな出張所にあるATMコーナーのような無機的な空間だった。周囲に人影は全くない。

参田衆三は、ATMそっくりな機械にクレジットカードやキャッシュカード、カルテなどが一枚にまとめられた「マイナンバー磁気カード」を入れ、正面を向いて顔認証をした。

すると、ちょっと色っぽい女性の声で機械が指示した。

「一番のキーを押してください」

だが、現金など出てこなかった。

それはそうだろう。そこにはATMコーナーには決してないはずの、四方を囲む赤外線カメラのような機械と、参田の全身を回るように流れていく緑色の光の束がある。

部屋の入口上部には「帝城病院自動健診センター」という文字が書かれている。

機械から現金の代わりに出てきたのは、レシートのような薄っぺらい白い紙と自分の体が立体的に写されたカラー写真だった。

この日、参田は半年に一度のがん検診に来ていた。

プリントアウトされた写真には参田の全身が描き出されていた。そして、体の中心部付近に赤い丸印が描かれている。

検査結果の用紙にはこう書かれていた。

《すい臓がん、ステージⅢ、リンパ節転移あり。至急、専門科を受診してください》

参田は頭が真っ白になった。

「俺がすい臓がん？　半年前には『異常なし』だったのに……」

だが、いま確認するすべはない。なにしろその場所は完全自動化の健診センターで、そこに医者は一人も在籍していないのだ。

まずは、かかりつけ医経由で、この地域に一つしかない高度機能病院の渋谷東病院に行かなくてはならない。ところが、すぐにそこを受診することはできないのだった。

二〇四五年――。
ＡＩ（人工知能）が人間の頭脳を超える瞬間「シンギュラリティ」はかつて予測されたよりもはるかに早くやってきていた。すでに数年前には、ＡＩは自分よりも優秀なＡＩを連鎖的に開発するようになり、コンピュータ・テクノロジーは爆発的なスピードで自己進化を遂げていた。

そして、世界は激変した。

事務作業などそれまで人間が行っていた仕事のほとんどは機械に取って代わられ、多くのビジネスマンが職を失った。

その波は医療の世界をも侵食していた。三十年前に予測されていたとおり、AIは人間の医師の診断能力を上回っていた。

健診や一般外来などでの病気の診断は完全に自動化された。X《エックス》線、CT、MRIなどの画像検査はもちろん、血液・尿成分なども体表から撮影した画像で分析可能になり、かつての採血・採尿といった〝原始的〟な方法は消滅していた。

医療現場の自動化に伴い、医師の仕事内容は大幅に変化し、数も減った。膨張した医療費を抑制するため、国は人件費の大幅削減に舵を切ったのだった。とくに一般医がターゲットとなった。

かつてのイギリスの医療制度では一般医がゲートキーパーの役割を果たし、患者は一般医の紹介がなければ専門医や大病院を受診できないシステムになっていた。

いま日本では、このゲートキーパーの役割をAIによる自動診断システムが果たしている。しかも、専門医の数も極限まで減らされたため、紹介状があっても受診できるまで予約待ちが必要だった。

いまや医師はごく一部の超エリートしかなれない職業だった。医学・医療の世界にもアメリカ追従が徹底され、医師免許取得の条件に「指定された大学の医学部の博士課程を修了した者」という一文が加えられていた。

日本社会の高齢化も最終段階に入り、慢性疾患が爆発的に増加していた。医療費抑制の一環で、慢性疾患の薬の処方もＡＩが行うようになり、慢性病の多くは医療保険ではなく介護保険で賄われるようになっていた。

もちろんＡＩはいまだ進化の途上にあり、診断エラーも少なくない。だが、ＡＩによる一次診断のエラーを社会は許容した。人間による誤診よりもとりたてて多いわけではなかったからだ。

また、数十年前に医療があまりにも高度専門化したため、医師は患者の精神面に目を向ける余裕がなくなり、患者もまたその専門性を歓迎した。人々は医師に心のケアなど求めなくなったのだ。

そして、外科手術においては、いまやビッグデータを蓄積したＡＩ搭載のロボットが主導している。

この三十年、テクノロジーや分子生物学などの進歩で、医学は飛躍的に進んだ。だが、それでもなお一部のがんはいまだ克服されていない。その筆頭がすい臓がんだった。

我に返った参田は、その場でかかりつけ医に電話して事情を説明し、専門医への紹介状を書いてもらうために受診予約を入れた。

すると、かかりつけ医は申し訳なさそうに絶望的な一言を付け加えた。

「紹介状はすぐ書きますが、渋谷東病院腫瘍内科の専門医はいま予約が込んでいて、一か月待ちの状態です」

こんな鬱々とした気持ちで、一か月もやり過ごさなければならないのか。そもそも、その間にがんが進行してしまったらどうするのだ。

だが、どうすることもできなかった。

参田は暗澹たる気持ちに襲われ、我知らず、叫び声を上げていた。

そこで目が覚めた。

自宅の寝室だった。

全身にびっしょりと汗をかいていた。

——夢だったのか……。

反射的に枕元のカレンダーに目をやる。

二〇一六年五月十五日。

第三十二回参議院議員通常選挙の投開票日だった。

——俺が目指しているのはこんな無味乾燥な世界じゃない。

参田は、医療の改革を訴え、民友党の公認候補として比例区（全国）に立候補していた。マスコミ媒体による事前の当落予測では、当選の可能性がかなり高かった。

まだ早朝だったが、ベッドから飛び起き、シャワーを浴びた。そして、真っ赤な勝負ネクタイを締め、スーツの袖に腕を通した。

——ようやく念願が叶う。

近所の神社でお参りを済ませた参田は、自信に満ちた足取りで、東京・神田に構えた選挙事務所へと向かって未来への一歩を踏み出した——。

第一部

覚醒

「おい、参田！　今日は天気がいいから、俺はこれから久しぶりに例の季節労働に行ってくる。あとは頼んだぞ」

一般撮影室（レントゲン室）で検査の後片付けをしていると、先輩の仁科重義から突然の指令が下された。

仁科は白衣を脱ぎ捨て、ポケットのたくさんついたベストに着替える。表情は完全に弛緩し、にやにやしている。少なくとも病院で働く人間の顔ではない。

合点がいった。そうか、今年ももうそんな季節か……。

例の季節労働というのは、近くの川での鮎釣りだった。

仁科は、こんな風に勤務時間中に突然、釣りや麻雀に行ってしまうことがある。それなのに、病院内でとくに問題になることもない。

「何なのだ、あの人は……」

参田は、呆気にとられてその後ろ姿を見送っていた。

一九八一年五月――。
参田は、一年ほど前から公立南広島病院放射線科に診療放射線技師として勤務している。

初対面の人に「診療放射線技師の参田衆三です」と自己紹介すると、たいていの人はキョトンとした顔をする。

まず、「診療放射線技師」がどういう仕事なのかを知っている人がほとんどいない。

診療放射線技師というのは、医師または歯科医師の指示のもとで、X線などの放射線を用いた検査や治療業務を行うことのできる国家資格を有する医療職である。あまり知られていないが、放射線を扱うことのできる医療職は、医師以外ではこの診療放射線技師だけなのだ。

病院や健診でレントゲン検査（X線検査）を受けるときに、「大きく息を吸って〜、はい、止めて〜」と言う人がいる。それが診療放射線技師だ。

こうした仕事の中身を、初対面の人にいろいろ説明するのがともかく面倒だ。

そして、そもそも名前が珍しい。参田は三人兄弟の末っ子で、上に姉が二人いる。父親は、鹿児島県の知覧市の出身。かつて特攻隊の基地があった場所だ。

参田という名字はきわめて珍しく、全国でも百世帯ほどしかいないらしい。加えて、衆三という名前もあまりない。

だが、「参田衆三」と聞くと、ピンと来る人には何となくピンと来るようだ。衆三の父親は、かつて市議会議員を務めていた。唯一の男子である息子には「国政へ」という願いを込めて、参議院の「参」の字の入っている姓にかけて、衆議院の「衆」の字を使って衆三という名前を付けたのだという。

息子にしてみれば迷惑な話だった。

参田は一九五八年に広島市で生まれた。被ばく二世である。広島に原爆が投下されたとき、両親は爆心地から十キロほどの場所に住んでいた。

小中学校は私立の進学校で、そこそこの成績を収めた。だが、高校で人生が狂った。ケンカ好きな生徒が多く、地元のヤクザの息子も通う。なぜか、卒業生にはニューハーフも多い。

この学校で、参田は熱心に勉強する生徒とは言えなくなっていた。

参田の母親は市内の繁華街で数店の飲食店を経営していた。羽振りのよかった時期もあったようだが、参田が高校へ進んだ頃から店は火の車になっていた。経営状態が悪化した最大の理由は、人の良さが仇になり売掛を回収できなかったからだ。

家がそんな状態だったから、参田は大学進学を半ばあきらめていた。ところが、ある日、母親が無茶なことを言い始めた。

「医学部へ行ってほしい。でも、学費は出せない」

母親には医師への憧れがあった。子どもを医者にすることは夢だったらしい。だが、急にそんなことを言われても困る。お金のかかる私立医大へはそもそも行けないし、これからしゃにむに勉強しても国立大学の医学部に届くとは思えない。

それでも参田は母親の夢を叶えたかった。自分が病院で働く姿を見せてやりたかった。それで、白衣を着る仕事に就ける学校を探した。もちろん授業料が安いことは最低条件だった。

そして見つけたのが、広島からはかなり遠い岐阜県にある三年制の医療系専門学校だった。数年前に開校したばかりの学校で、学科は臨床検査技師科と診療放射線技師科の二つだった。参田は迷わず後者を選んだ。親が被ばく一世、自分が被ばく二世であり、放射線との因縁のようなものを感じたからだ。

仁科はこの学校の一期生で、参田の二年先輩だった。偶然だが、仁科も広島の出身だった。一足先に広島へ戻り、公立南広島病院で診療放射線技師として働いていた。

そんな縁もあり、参田も卒業して地元へ戻ると、中級公務員試験を受けて同じ公立南広島病院を就職先として選んだのだった。

公立南広島病院は広島市中心部にあるベッド数千床近くの大病院だ。中四国地方最大の繁華街・流川からほど近い。参田の母はこの流川という歓楽街で飲み屋を営んでいた。広島は人口比での飲み屋の数が日本一とも言われている。賑やかなところが好きな参田にとってこの立地は魅力だった。

それに、公立病院の職員は地方公務員である。収入は安定しているし、その身分も法律で保障されている。すでに公立病院には赤字病院も出てきていたが、この時代、親方日の丸で倒産する心配はまだなかった。

診療放射線技師という国家資格もあるし、これで定年まで安泰だろう。参田は自分の人生を楽観していた。

「医療への使命に燃えて」というには程遠かった。

入職当時は定時の夕方五時に帰ることができ、自由な時間も多かった。

飲み会も多く、技師同士でつい愚痴の言い合いになることも少なくなかった。

その日も、技師室での宴会が始まっていた。飲み会にはあまり参加しない仁科も、珍しくグラスを手に技師室に残っていた。

『白い巨塔』を例に出すまでもなく、病院という世界には当時、医師を頂点とする暗黙のヒエラルキーが存在し、診療放射線技師の仕事は、医師や看護師から下に見られることもあった。

この状況は長年変わっていない。診療放射線技師は同じ医療職の人たちから、機械を操作するだけの「スイッチマン」と揶揄されることがある。

そんな中、仁科は医師からも一目置かれていた。仕事はできるし、面倒見がよい。だが、誰に対しても言うべきことは言い、一匹狼で群れることはしない。問題があるとすれば、勤務時間中にすぐ姿をくらましてしまうことぐらいだった。

参田も彼を「別格の人」として見ていた。まだ二十代後半と若いが、まるで仙人のような佇まいを感じさせた。

「それにしても仁科先輩はすごいですよね。どんなに偉い医者に対しても媚びないし、いつも毅然としてるんだから」

「だって、同じ医療職なんだから対等だろ？」仁科は意にも介さない風で、淡々と焼酎をあおっている。

「まあ、確かに俺たちにはドクターのような発言力はないけどな。以前、俺の先輩がこぼしてたけど、救命救急センターへX線を撮りに行ったら、ドクターに『おい、写真屋さん』って呼ばれたらしい。それで激怒して文句を言ったらしいけど、相手にされなかったそうだ」

「でも所詮、そんなもんですよね」参田はすっかりシラけている。

参田には、実家の経済状態のせいで、医学部へ進めなかったというコンプレックスがあった。

「だけどな」と仁科が妙に真剣な顔で諭す。

「俺たちは画像検査に関してはプロだろ？　俺たちのサポートがなければ、ドクターだって病気の診断ができないこともある。無力感にとらわれる気持ちもわからないではないけど、もっと自分の仕事にプライドを持ってもいいんじゃないか」

仁科は不思議な人物だった。

広島という土地柄もあるし、盛り場に近いという立地のせいもあり、公立南広島病院には反社会的勢力、いわゆるヤクザの患者も多かった。組同士の抗争による怪我や破天荒な生活による心血管病、入れ墨を彫る針でC型肝炎に感染する者も少なくなかった。

仁科は、そういったヤクザの親分などにもなぜか好かれた。数々の修羅場をくぐり抜けてきた親分衆は、仕事ができ、孤高の雰囲気を漂わせる仁科の人間力を本能的に見抜いていたのかもしれない。

診療放射線技師のヒヨコだった参田にとっても、仁科は初めて見た親鳥であり、その刷り込みは後年まで強く影響することになった。参田にとって彼は診療放射線技師としてのロールモデルになったのだった。

§

参田が公立南広島病院に入った頃はまだＣＴやＭＲＩはなかった。診療放射線技師はもっぱらＸ線検査に携わっていた。いわゆるレントゲン検査だ。病院や健診で行う画像診断ではいちばん身近な検査である。

Ｘ線というのは放射線の一種だ。放射線はモノを通り抜ける能力を持っている。この性質を利用したのがＸ線検査である。

Ｘ線は電磁波（光線）の一種で、人間の体も通過する。ただ、組織や部位によってＸ

線が通り抜ける度合い（透過率）が異なる。いちばん通り抜けやすいのが空気（肺や腸管などの中）、そして脂肪、皮膚、筋肉、水分（血液など）だ。一方、骨や金属はX線を通しにくい。

X線写真ではこのようにX線を通しにくいところはフィルム上で白く、通しやすいところは黒く写る。

ある週末の整形外科外来――。

肋骨を骨折した疑いで女性患者が受診した。

参田のもとへ、整形外科の新任の田中順三郎医師から胸部X線撮影のオーダー（指示）が回ってきた。

田中医師の指示は「断層撮影」だった。これは、X線撮影の中でも、体内の見たい部位の断面だけを明瞭にして他の面をぼかして写すという方法だ。この頃、整形外科や呼吸器内科などではよく用いられていた。これをコンピュータで行うのが後に普及したCTである。

参田は指示どおりに胸部X線断層撮影を行い、フィルムを現像し、田中医師のもとへ写真を持っていった。

田中医師は画像をシャウカステン（X線写真などを見る際に用いる蛍光灯などで発光するディスプレイ機器）にかざし、じっと観察している。

「どうやら、折れてはいないようだな」

説明のため患者を診察室へ呼び入れようとした。そのとき、視界の隅に、右の肋骨の下のほうに写っている白い円形の影が見えた。

――ん？　この白く写っているのは何だろう？　まさか、肺の腫瘍じゃないよな……。

不安になった田中医師は、コメントを添えてX線写真を参田に差し戻した。

技師室では、仁科と参田が暇にまかせて病院の女性事務スタッフの噂話に花を咲かせていた。

戻ってきたX線写真を覗き込む。

「何だって？」と仁科も興味深そうに寄ってきた。

X線写真をじっと観察する。合点がいった。目を見合わせる。思わずにんまりした。

「先輩、これって、あれですよね？」

「だよな、ニップルだ」

ニップルとは乳首のことだ。写真をよく見ると、左の肋骨のあたりにも、右側ほどではないが同じような白い影が見える。明らかに乳首だった。左右の胸の同じ箇所に同時に腫瘍ができる可能性は限りなく低い。

断層撮影では、乳首を腫瘍と間違えるケースがときどきあった。参田たち技師はこれを「ニップル断層」と呼んでいた。

参田は説明を丁寧に書き添えて、再び田中医師にX線写真を返した。

後日、病院の廊下ですれ違ったとき、田中医師は「この間はどうも」と参田に声をかけてきた。一言ではあったが、参田は感謝の表現と受け止めた。

ニップル断層の場合、乳首に「ハンダ」を付けて撮影することもある。こうすることで、乳首の影が出ないのだ。

診療放射線技師たちはそういったさまざまな工夫をして、診断しやすいきれいな画像を医師に届けていた。

「病巣が見えない」と医師に返されることも多かった。写真に直接マジックで×印を書いて、「これじゃダメだ」と突き返してくる医師もいた。

X線撮影で最も重要なのは「撮影条件（撮影方法）」の設定だ。

まず、X線は線量が強いほど通過しやすい特徴がある。そこでX線を発生させて患者の体に当てるときは、性別、年齢、体格、撮影する部位・角度などによってX線の強さを調節する。

X線の量は電流で、通過する強さは電圧で調節する。

X線写真の撮影条件は、この電流、電圧、時間などで設定する。たとえば、電圧を低くして、撮影時間を二秒くらいに長くすると骨梁《こつりょう》（骨の末端にある成熟した骨）がきれいに見える。だが、撮影時間が長いと患者は動いてしまうので両刃の剣になることもある。

医師によっては「何となく見えればいいよ」というアバウトな人もいた。だが、マニアックな要求をしてくる医師もいた。

そういったさまざまな医師たちとの凌ぎ合いは、診療放射線技師たちのひそかな楽しみでもあった。

X線検査の撮影条件をきちんと設定すること。それが当時の診療放射線技師の仕事のほとんどだったと言ってもいいだろう。この部位を見るにはどんな撮影条件にすればいいのか。参田たちは、そういうことを常に考えながら仕事をしていた。

通常のX線撮影と並び、診療放射線技師の腕の見せどころとして心臓などの血管造影もあった。これは、X線を通さない造影剤という薬を血管に入れて、その流れをX線で撮影することで血管の異常を見つける検査だ。アンギオグラフィ（略してアンギオ）と呼ばれる。

コンピュータ・テクノロジーの進歩により、この時代、画像診断は少しずつ進化のスピードを早めつつあった。

それでも、この頃は画像検査の世界もまだ牧歌的だった。

§

一九八二年八月──。

今年も広島に暑い夏がやって来た。

参田は出勤前に、少し遠回りして広島平和記念公園の周囲を散歩した。

公園では、六日の「原爆の日」を前に、平和記念式典の準備が進められていた。原爆ドームには強烈な陽射しが降り注ぎ、あたりにはけたたましい蝉の声が響いている。

被ばく二世である参田は、小さい頃から両親や親戚たちに原爆投下の日の話を幾度となく聞かされて育った。

あの朝も今日と同じような快晴で、雲一つない青空が一面に広がっていたという。

放射線――。時に人の命を一瞬にして奪い、その一方では病気の治療に使われ、自分たちは病気の診断を助けるための手段として日々その恩恵を受けている。実は参田自身、放射線というものをどう考えればいいのか、長年その答えを見出せないでいた。

放射線と聞くと、何となく危険なものをイメージする。だが実際には、放射線は人類が生まれるはるか昔から地球上に存在し、誰もが日常的に自然環境から放射線を受けて生活している。飛行機に乗れば、地上にいるときの百倍以上の放射線を宇宙から浴びている。それどころか、人間の体の中にも微量の放射性物質が含まれている。

いずれにしても、人間は放射性物質とうまく折り合いをつけて暮らしていかなければならないのだ。

そんなことを漠然と考えていると、いつの間にか病院に到着していた。

病院の朝は活気がある。ほとんどが病気の人や怪我をした人ばかりなのに、なぜかそこは平和な明るさに満ちているのだ。

技師室では今日もルーティンワークが始まっていた。早くもX線検査のオーダーが殺到していた。

「参田、遅い！　早く手伝ってよ」

そう声をかけてきたのは千同裕。参田と同期で公立南広島病院へ入った診療放射線技師だ。

人が良く素直で優しい奴なのだが、いつもマイペースだ。ひょうきんもので、仕事でミスをしても動じる気配がない。

目上の医師にも対等な口のきき方をする。千同は医師たちに好かれているようだが、その礼儀をすっ飛ばしたような物言いに周りはいつもハラハラしている。

千同のマイペースぶりを象徴する出来事が、いまや病院内では語り草になっていた。就職が決まり、四月一日の入職の日に彼は病院へ来なかったのだ。なんでも、春スキーに行っていたらしい。

国家試験の合格発表が五月で、それまでは診療放射線技師の免許がない。それでも新人は病院へ出て雑務の手伝いをするのだが、千同は仕事もないだろうから休んでもいいと勝手に思ったらしい。結局、初出勤は二週間後だった。

——こいつ、バカじゃないのか？

のん気さでは負けず劣らずの参田だが、その話を聞いたときはさすがにあきれた。彼もまた飲み屋の息子だった。そんな境遇もあって、二人はなぜか最初からウマが合った。


この日も検査業務は順調に進んだ。とくに問題になるケースもなかった。だが、X線検査の件数がなぜかいつもよりもべらぼうに多く、参田は午後になると若干の疲れを感じていた。

——早く片付けて、千同を誘って流川にでも飲みに行くか……。

そんなことを漠然と考えながら、終業時間に向けて仕事を淡々とこなす。

外来は終わり、入院患者のX線検査のオーダーももうない。

「さて、そろそろ掃除にかかるとするか」

この頃のX線検査はアナログだった。一般のカメラでの撮影と同じように、診療放射線技師は放射線検査室に設置された現像装置で、撮影したフィルムを現像して外来や病棟へ送っていた。

毎日の仕事が終わると、診療放射線技師は順番でその現像機の掃除をするのが日課だった。この日の当番は参田だった。

あとで考えると、やはり疲れていて、気を抜いたのだろう。掃除をしながら考えごとをしていた。

「あっ！」

気づいたときはもう遅かった。

「ギャーッ！」

参田は人目もはばからず叫び声を上げていた。

なんと、現像機のギアに参田の首元のネクタイが巻きついていた。そして、ギアが動いていくたびにネクタイで首を絞められていく。

「く、くるしい……」

そばにいた千同があわてて、現像機の電源を切った。

「おまえ、バカか」

「うるせえ、バカにバカなんて言われたくない」

参田は肩でハアハア息をしながらも強がってみせる。だが、顔面は蒼白だった。

「それにしても驚いた。本気で死ぬかと思った」

ネクタイはボロボロ、白衣は廃棄しなければならないほど現像液で汚れていた。おまけに、現像液には酢酸が使われているので、周囲には刺激臭が充満していた。

今朝、病院は平和だなどと考えたバチが当たったのか。やっぱり病院は危険がいっぱいだ。

患者の事故ばかりではなく、病院では医療スタッフにとってもちょっとした油断が事故につながる危険がある。

医療スタッフにとってのリスクの最たるものといえば「医療被ばく」である。X線検査は放射線を使う検査。患者はもちろん、検査に携わる医師や看護師、診療放射線技師などには放射線被ばくのリスクがある。

一回のX線検査で放射線の障害が出ることは少ないが、毎日X線検査をしていれば放射線によるダメージが体内に蓄積していく。その影響でいつかがんなどの病気を発症するかもしれないのだ。

だが、この時代、患者も医療従事者も医療被ばくに対する認識は低かった。

被ばく管理などという考え方はもちろんまだなく、後年では常識になる防護プロテクターの着用も義務化されていなかった。「大丈夫、大丈夫」とプロテクターを着用せず無防備にX線検査を行う医師や診療放射線技師も少なくなかったのだ。

参田にはそれが不思議だった。

――ここ広島という場所で医療に携わる人間が、なぜ放射線に対してこんなにも無頓着なのだろう？

尊敬する仁科にその疑問をぶつけてみたこともある。

「原爆の被害を受けてもなお、生き残った人たちも多いから、逆に放射線に対して楽観視している面があるのかもしれないな」

「なるほど、そういうものですか……」

仁科の説には説得力があったが、それでも被ばく二世である参田には納得がいかなかった。

ともかく、医療被ばくのリスクに比べれば、現像機にネクタイが挟まることなどかわいいものだ。

だが、この出来事の顛末はまたたく間に病院スタッフに広まり、「ネクタイ事件」という院内でのお笑い草として長く語り継がれることになった。

千同が、毎年の新人研修で、「実は以前、この病院の技師がこんなバカなミスをしてね。誰とは言わないけど」と話して笑いをとるようになったのだ。

そのたびに、参田は千同に対して、ほのかな殺意を覚えたものだった。

§

この時代、診療放射線技師の仕事はX線検査が中心だった。しかも、X線撮影装置の操作にほぼ限られていた。参田はそこに物足りなさを感じていた。

――これじゃ、写真屋さんと呼ばれても仕方がないな。

先輩や同僚の前で大きな声では言えないが、本音ではそう思っていた。

だから、彼は学生時代から興味を持っていたX線写真の「読影」を勉強した。読影というのは、X線検査などの画像（医用画像という）を丹念に観察し、所見を読んで診断することだ。読影は医師の領分であり、読影をする医師を読影医と呼ぶ。各診療科の医師が読影することもあるが、多くは画像診断の専門医である放射線科医が行う。

読影はあくまでも医師の職域であり、診療放射線技師は読影をしてはならない。だが毎日、医師よりもたくさんのX線写真を見ているのだ。それがどういう病気の可能性を示唆している画像なのかは嫌でもわかるようになる。

——影を読む。なかなか文学的な表現だな。

参田は学生時代からそんなふうに思っていた。

このいわば「読影の目」が患者の命運を左右することを彼はある日、身をもって知ることになった。


その夜、病院の当直室にいた参田に電話が入った。

父親の勤め先からだった。職場で具合が悪くなったらしい。高熱と咳、痰、息苦しさがあるという。症状を聞くかぎりでは、どうも肺炎を起こしているようだった。すぐに病院へ来るように伝えた。

救急車が病院へ到着した。当直で読影室にいた呼吸器内科の医師にお願いして診てもらった。緊急で胸部X線検査が行われた。

まもなく医師に呼ばれて、こう言われた。

「やはり肺炎を起こしている。とりあえず入院の準備だけはしておいて。明日以降でベッドの空きがあれば入院ということで」

現像した父親の胸部X線写真を一目見て、参田は事の深刻さを理解した。真っ白く、べったりした白い影がある。

――これはヤバイ。

かなり重症化している可能性があった。さらに、医学的には説明できないのだが、何となく嫌な予感がした。

「すみませんが、すぐに入院させてください。ちょっと心配なので」

参田は医師に頭を下げた。調べると、ベッドもたまたま空いていた。

その深夜のことだ。参田の予感は現実のものとなった。

父親が心室細動を起こしたのだ。心室細動というのは、数分続くと死に至ることもある。

すぐにカウンターショック（強力な電気で心臓を刺激して不整脈を正常な脈に回復さ

せる処置）を行い、危うく一命を取り留めた。

――たまたま俺が現場にいて本当によかった。もし、あのまま家に帰していたら、間違いなく死んでいただろう……。

参田の背筋に冷たいものが走った。

数日後に精密検査を行った。父親は心臓障害を起こしていた。肺炎は、アルコール性の心臓疾患に併発したものだった。

話はこれで終わらない。


数週後のこと。その日も参田は当直だった。

夜中の一時近く。仕事もようやく一息ついたので、夜食をとりに外出した。病院へ帰ってくると、救急外来が何やらあわただしい。

通りかかった夜勤の看護師に尋ねる。

「バタバタしているみたいだけど、どうしたんですか？」

「患者さんが救急で運ばれてきたんですけど、一刻を争うみたいです」

「ふーん、何だろう？」

「さあ、詳しいことはまだ……」

当直室へ戻ると、直後に当直医から連絡が入った。

「状態の悪い患者がいるから、すぐに血管造影の用意をしてくれ！」

この日のＩＣＵの当直医は、心臓内科の名医である横山浩二だった。

血管造影検査というのは、カテーテルという細い管を血管に入れて、Ｘ線を通さない造影剤を注入してＸ線撮影することで血管内を詳しく検査する方法だ。

検査の指示は、冠動脈造影による心臓カテーテル検査だった。心筋梗塞や狭心症などで血管の詰まりや心臓の動きを調べる検査である。

参田が心臓カテーテル室へ出向くと、すでに横山が準備にかかっていた。

「そういえば……珍しい名字だから、もしかしてと思ったんだけど」と横山。

「患者は参田正人さんというんだけど、おまえの知り合い？」

「えーっ！　それ、俺のオヤジです！」

参田は呆然と患者の顔に目をやった。

父親は再び急変していた。

検査の結果、冠動脈の一部が血栓で詰まっていることが判明した。急性心筋梗塞を起こしていたのだ。検査のために挿入したカテーテルから、血栓を溶かす薬を注入するPTCRという治療が行われた。そして、再び父親は死の淵から生還したのだった。

治療が終わり、横山はこう言ってくれた。

「前に救急で運ばれてきたときも当直だったんだって？　二度も親孝行できてよかったな」

だが、この父親が救われた顛末を振り返って、参田の胸にはまた別の疑問がむくむくとわき起こってきた。

もし、自分がこの病院に勤めていなければ？　最初に救急搬送されたときに当直でなかったら？　そして、心筋梗塞で運ばれてきたときの当直医が心臓内科の名医でなかったら……？

父親の一件と前後して、参田の叔母が脳動脈奇形で別の病院へ入院した。だが、手術が一か月待ちとのことだった。

参田は公立南広島病院の知り合いの脳外科医に相談した。すぐに診断してくれて緊急入院となり、即日手術を受けることができた。

再び幸運に恵まれたのだった。だが、たとえば脳動脈瘤などですぐに手術をすべき患者でも、医師不足による手術の順番待ちをしているうちに動脈瘤が破裂して命を失ってしまう場合もある。処置が遅れて後遺症が残ってしまうこともある。

参田は、父親や叔母を救うことができた幸運に感謝した。

だが、裏を返せば、不運や不公平に翻弄されている患者がたくさんいるのだ。そのことに思いを馳せ、苦い思いをも味わっていた。

§

一九八三年四月――。

参田はCT部門へ配属され、CTと血管造影を担当することになった。

CTとは、コンピューテッド・トモグラフィ（コンピュータ断層撮影）の略で、人体にさまざまな角度からX線を当てて、臓器などを輪切りにした断面画像をコンピュータ上で表示する装置である。

CTの原理は基本的にはX線撮影と同じで、X線の透過率の違いを利用している。X

線を出す管球と呼ばれる装置が体にX線を当て、体内を通ったX線が管球の反対側にある検出器（写真のフィルムのようなもの）にとらえられて画像になるのだ。

ＣＴはまだ生まれて十年ほどの新しい技術だった。それは、X線の発見以来、医学史上最大級の発明といわれ、画像診断技術を飛躍的に進歩させた。

参田は、放射線にかかわるようになった被ばく二世という宿命に加え、このＣＴという技術との不思議な縁も感じていた。

参田は子どもの頃から音楽が好きだった。それが高じて、中学時代にはアイドル歌手を目指して東京の芸能プロダクションに所属したこともある。とくに好きなミュージシャンがビートルズだった。

これはずいぶんあとになって知ることになるのだが、ＣＴの「生みの親」がまさにそのビートルズだったのだ。

ＣＴ（ＣＴスキャナー）が初めて登場したのは一九七二年のこと。開発・発売したのはイギリスの小さな電気会社だったＥＭＩ社だった。当時、ＥＭＩ社はそのレコード部門に所属していたビートルズの記録的なレコード売り上げで莫大な利益を得た。その利益を社会還元しようと開発費を投じて生まれたのがＣＴだった。ＣＴスキャナーは

「ビートルズによる最も偉大な遺産」ともいわれている。

最初に生産されたCTは「EMIスキャナー」という名称で、脳の断層撮影に使われた。このEMIスキャナーはX線撮影では見えるはずのない、生きた人間の脳を初めて画像として鮮明に映し出し、人々を驚かせた。

CTの登場以降、病院ではその検査オーダーはX線を上回って一気に増えた。それに伴い、診療放射線技師の仕事も格段に増えていった。患者の検査時間も長くなっていった。

初期のCTは、管球が患者の周囲を一回転するごとに一枚の画像を撮影していた。さらに別の部位を撮影するにはベッドを移動させなければならなかった。そのため、二十枚の画像を撮影するのに二十分から三十分近くも時間がかかった。

参田は元来、不器用で、さらに心配性だった。CTについては学校で多少勉強していたものの、実際の装置の取り扱いにはなかなか慣れなかった。仕事のスピードは遅く、チェックも人一倍多い。だから、彼の机の上にはCT撮影の依頼書が常に山積みになっていた。

当時、診療放射線技師は二十人ほどいたが、いろいろなタイプの仲間がいた。

「ほんと、おまえはトロいよな」と言いながらも手伝ってくれる先輩。

「とっととやれよ」と言うだけ言って、タバコをふかしながら一切手伝ってくれない上司。

自分の仕事が早く終わっても、参田の山積みの依頼書は見て見ぬふりをする同僚。

一方では、仁科や千同のように、黙って依頼書を持っていき撮影を代わってくれる仲間もいた。

たまに、参田が自分の分担が早く終わり、忙しい撮影を手伝おうとしたときに、「ありがとう」と言ってくれる仲間もいれば、「俺の仕事を取るな」と手伝いを拒否する人もいた。

——患者さんの待ち時間を考えれば、助け合って早く検査を終わらせたほうがいいのに……。

参田はいつもそう思っていたものだった。

ＣＴ検査に慣れていくに従って、参田はこの最先端の医療機器に強い興味を覚えるようになった。

元来、好きなことにはのめり込む性分だった。時間を見つけては勉強するようになった。幸い、仕事は夕方五時に終わるので、夜の時間は好きなように使うことができた。

そんなある夜、いつものように技師室で一人勉強していると、上司の放射線科医である今井真司がふらりと現れ、参田の様子をじっと眺めたあとで言葉をかけてきた。

「読影の勉強もしておいたほうがいいぞ。これから絶対に役に立つからな」

もともと読影は好きだったので、医師にいろいろアドバイスをもらいながら熱心に勉強した。やがて、何とかCT画像が読めるようになっていった。

次第に、患者の主治医や放射線科医から読影について意見を聞かれたりする機会も増えていった。それでさらに意欲が増した。

診療放射線技師の中には、医師にただ画像を届ければそれで仕事は終わりだと考えている人も少なくなかった。だが、参田はそれだけでは気が済まなかった。

「この部分の所見ですが、私はこう思うんですけど……」と自分なりに読影して、意見を述べることも多かった。疑わしい箇所を余ったフィルムで拡大して撮影し、マーキングして医師に提出したりもした。医師が求めているだろうと思うことを予測して先回りしたのだ。

「おまえ、これは病巣じゃなくて、血管や骨の一部が見えているだけだよ」

と、今井に苦笑されることも多かった。

「ここ、見落としているよ」とアドバイスもしてくれた。

たまには、「よく異常を見つけたな」と褒められることもあった。

参田にとって、そういう医師とのやりとりは仕事の中での至福の時間だった。

CTの登場は、診療放射線技師にとって朗報だった。この頃から診療放射線技師は学校でこれら最先端の医療機器について学ぶようになっていた。一方、医師の多くはこれらの医療機器についてまだ素人だったから、機器や検査の方法などについて医師から質問される機会が増え、診療放射線技師の病院内での発言力も増していった。

その後、CTよりやや遅れて、MRIの普及も進んだ。

MRIは日本語で「磁気共鳴画像装置」と呼ばれる。その名のとおり、磁石を利用した検査法だ。

MRI装置はいわば大きな磁石である。その中に人が入ると、体内にある水素の原子核（プロトンという）が磁気に共鳴して弱い電波を出す。この電波を受信して臓器などを画像にする。

Ｘ線検査やＣＴ検査が体の部位ごとのＸ線の透過率の差を利用しているのと違って、ＭＲＩは人間の体の水素を分析している。だから、ＭＲＩではＸ線などの放射線は使わない。

そして、ＣＴとＭＲＩは得意分野が違う。

いずれにしても、ＣＴ、ＭＲＩは病気の画像診断には必要不可欠の検査となった。そして、これらの検査の登場を契機に、医用画像はアナログからデジタルにシフトし、各種の検査装置のすさまじい進化が始まったのだった。

それに伴い、やがて診療放射線技師の役割も次第に拡大していくことになる。

「読影の勉強もしておけ」と参田に助言した今井医師は、そんな時代が来ることを予見していたのかもしれない。

§

参田がＣＴ担当になった年の冬のことだ。

高校二年生の可愛らしい女の子が病院の精神科を受診してきた。会田詩織という名前だった。うつ病が疑われたが、確定診断ができず、他に病気が隠れている可能性も考慮して月に一度ほどCT検査を受けに訪れるようになった。

参田も何回か検査を担当した。CT検査はわりと時間がかかる。その間、二言三言と言葉を交わすようになるのは自然の成り行きだった。

やがて、彼女はCT検査のない日でも検査室に顔を出すようになった。

この頃、心療内科はまだ一般的なものではなかった。精神科医には心の悩みを相談することがなかなかできなかったらしい。精神科を受診することには偏見もあり、苦痛だったという。

彼女は参田のことを兄のように感じていたようで、いろいろなことを相談してきた。妹が欲しかった参田もまた、彼女を妹のように思って接した。

ときどき頭が締め付けられるように痛くなったり、吐き気がしたりするのに、それを医師はわかってくれないこと、母子家庭という複雑な環境や彼氏の悩み、他愛もない話、進路や就職先のことなど、話はさまざまなことに及んだ。

参田は聞き役に徹した。よけいな意見などは挟まず、とにかく話に耳を傾けた。一緒に悩んだり、元気づけたりして、彼女が自分に自信を持てるようになればと願った。可愛らしい笑顔を少しでもたくさん見たいと素直に思った。

――これは診療放射線技師の職域を超えているだろうか？

参田は何度も自問した。

そして、こう結論づけた。

――医療の基本は患者の笑顔を取り戻すことだ。そこに職種の違いなどないのではないか。

だが、やがてその女の子とのことが院内で噂になった。

見るに見かねた千同が参田へ忠告にやって来た。

「おい、おまえと詩織ちゃんのことが噂になってるぞ。気をつけろよ」

いつの間にか、職域どころか、患者との恋愛という微妙な話になっていたのだった。

だが、参田は自分が悪いことをしているという気持ちはさらさらなかった。だから、くだらない噂は黙殺した。

自分が病院内で微妙な立場に置かれたとしてもべつに構わない。

――ただ、詩織ちゃんに迷惑がかからなければいい……。

それだけを願った。

そして彼女は、高校卒業間近に、大阪の有名化粧品メーカーに就職が決まったことを嬉しそうに報告に来た。その最高の笑顔に参田も救われた。

参田は、この少女と話をしながら、患者の気持ちがどういうものであるかを学んだのだった。

その一年後だった。彼女は再び病院に参田を訪ねてきた。あいにく参田は不在だった。可愛らしい赤ちゃんを抱っこしていたという。

後日、そのことを伝えに来たのが千同だった。

「元気そうだったよ。よかったな」

だが、例によって、いつも一言多い。

「あれ、おまえの子じゃないの？」

参田は再び、目の前の能天気男に殺意を覚えた。

§

参田の父親を救ってくれた横山医師は心臓カテーテル手術の名手だった。

とにかく手術は正確でスピードが早かった。誰もが認める名医で、三十代半ばだったが、将来の院長候補だった。

ちょっとクールな雰囲気があり、女性にモテた。実際、優しいという感じではなかった。どちらかというと患者に対しても冷徹だった。患者が話しかけようとしたときには、もうドアから出ていってしまっているというタイプの医師だった。

だが、面白いもので、そういうドクターほど腕がいいのだ。患者に情が移ると、目が曇ると考えていたのかもしれない。

「もし俺が心筋梗塞で倒れたら、絶対に横山先生に手術してもらう」

参田は、そう公言していた。

その横山に、あるとき医療機器メーカーとの癒着疑惑が浮上した。カテーテルの納入をめぐっての贈収賄が疑われたのだ。

きっかけは内部告発だった。公的病院であり、職員は公務員であるだけに汚職には厳しい。

だが、院内ではある意味で公然の秘密という面もあった。なにしろ将来の院長候補である。企業からのアプローチもあの手この手と凄まじかった。

真偽のほどは結局明らかにならなかったが、これをきっかけに横山は病院を追われてしまうことになった。

当時、製薬企業や医療機器納入業者などとの癒着は確かに少なからずあったようだ。

「あれはサンズイかもな」

院内にそんな噂が流れることはあった。だが、当時はそれを深く追及するということもなかった。いい悪いは別として、そういう時代だったのだ。

仁科や参田もよくこんな話をしていた。

「贈収賄は確かにまずいですよね」と参田が問う。

それに仁科が答える。

「でも、ドクターは自分の研究費もままならない。国も病院も十分に補助してくれるわけではない。企業に多少援助してもらうことがそれほど罪だろうか？」

横山医師も仁科と似て、一匹狼的なところがあった。心臓の専門医にはみな多かれ少なかれそういうところがある。仁科は横山に好感を抱いていた。

その仁科だが、後年、技師長になった。放射線部門のトップともなれば、製薬企業も医療機器メーカーも大事にする。贈収賄とまではいかなくても、ぜひ自社製品を買ってもらいたいとアプローチしてくる。実際、とくに年末になると、製薬企業の営業マンから造影剤の大量購入をもちかけられた。年度末の在庫処理をしたいのだ。

それで忘年会という名のいわゆる接待に誘われることも毎年のことだった。

仁科には鷹揚なところがあった。ノルマを課せられている営業マンの事情も察した。それに、造影剤は使用期限も長く、大量にあっても邪魔になるものではない。だから、ある程度は大量購入に応じた。

年末年始になると、技師室の横にある保管場所には造影剤が山のようにあふれた。

§

一九八五年五月――。

参田が公立南広島病院に就職してから、いつの間にか五年が経っていた。

このところ参田は、ＣＴやＭＲＩなど画像の読影の勉強にますます精を出すようになっていた。画像検査・診断の面白さに取り憑かれていた。それに、仁科のように周囲から尊敬され、医師にも一目置かれる存在になりたかった。

ＣＴなどの画像検査のオーダーがあると、自分なりに読影してみて、それをサジェストするために画像の表示方法を工夫して医師の診断をサポートするというやり方を続けていた。

その日も自主残業をし、ＣＴ室で読影をし、画像表示の方法をあれこれ試行錯誤していた。

そこへ、仕事を終えた二木一雄主任が入ってきた。

二木は参田の手元と画像を黙ってじっと見つめている。そして、おもむろに口を開いた。

「おまえは、そういうことがしたいのか？」

「ええ。少しでもドクターの助けになれば、と」

すると、二木は突然言い放った。

「だったら、この病院を辞めろ」

参田は何を言われているのかわからなかった。二木はさらにたたみかける。

「何様のつもりだ！　おまえはただの診療放射線技師だ。それに公務員なんだから、勝手に残業をされたら周りの者が迷惑するんだよ」

「残業代なんか一切付けていません。私はただ勉強したいからやっているだけです」

「だから、それが迷惑だと言ってるんだ」

「誰かがそう言ったのですか？」

「いや、そういうわけではないが……。ともかく、そういうことを続けるなら病院を辞めろ」

参田はこの場をどう乗り切るか考えていた。そこへトドメの一撃が来た。

「このご時世に、公務員の地位を捨てる度胸があるならな」

この一言に参田はキレた。

「わかりました。辞めます」

もはや、売り言葉に買い言葉だった。

「公務員がそんなに偉いんですか？　私は公務員になんか執着も未練もありません」

「二言はないな」

二木は口元を歪め、満足したような笑みを見せた。

「ありません」

だが、参田はまだ本当に辞めることになるとは思っていなかった。数日も経てば何事もなかったように、話は丸く収まると楽観していた。それが金曜の夜のことだった。

土日は休みだった。そして、翌週の月曜の朝――。参田は高野徹技師長から技師長室に呼び出された。

「参田くん、主任から聞いたのだが、辞めたいそうだな」

「……」

「主任はかなり引き止めたらしいじゃないか。でも、意志は固かったと言っていた。まあ、仕方がないだろう。参田くんの人生なんだからな」

参田は目を白黒させていた。話の展開に全くついていけない。

「これまでご苦労様。上にはもう報告しておいたから」

参田は、「しまった！」と思った。事の重大さにようやく気づいたのだ。

この期に及んでも、技師長は「もう少し考えてみろ」と一週間くらいは猶予をくれるのではないかとタカをくくっていた。

だが、あとの祭りだった。完全に退路を断たれた。本意ではないが、ここまで追い込まれたらもはや辞職しか選択肢は残されていなかった。

「わかりました……。お世話になりました」

技師長に深々と頭を下げ、技師長室を出た。

やりきれなかった。五時になり勤務時間が終わったが、このまま帰る気分にはなれない。

千同を呼び出した。事情を話すと、彼は残っていた仕事を放り出し、すぐに来てくれた。普段はマイペースだが、正義感が強く、友人が困っていると真っ先に駆けつけてくれるような奴なのだ。夕闇迫る繁華街を、参田たちは肩を落としながら、流川の行きつけの小料理屋「島津亭」へ向かった。

とりあえず、無言でビールのグラスをぶつけると、千同が待ちかねたように訊いてきた。

「一体どういうことなの？」

参田は事の顛末を詳しく話して聞かせた。

「前から思っていたけど、やっぱりおまえはバカだな」

今日ばかりは言い返す気力もない。おっしゃるとおりである。

「技師長に『辞めるんだってな』と言われて、『そんなつもりはありません』ときっぱり言えばよかったんだろうな。だけど、あの瞬間、何だかわからないんだけど、『ああ、もう終わった』と思っちゃったんだよ」

「仁科さんに相談すればよかったのに」

「そんな時間も余裕もなかったんだ」

自分で言いながら、参田は自問自答した。自分はなぜ「辞める」と言ってしまったのだろう。その場の勢いはあったが、あのときまでそんなつもりは毛頭なかった。考えもしなかった。仕事には満足していたし、とくに問題を起こしたわけでもない。仕事もそこそこできるようになり、医師にも可愛がられていた。辞める理由が見つからないのだ。

ただ……。一つだけ思い当たることがあった。

その頃母親の商売が傾き始め、無理な借金を重ねていた。そのことで何度言い争ったかわからない。そして、挙句の果てに、公務員である自分を保証人にしてさらに借金を増やそうとしていた。

そこまで考えて、自分の無意識な気持ちに気づいた。

——きっと俺は、いまの状況から逃げ出したいと思っていたのではないか。

そこに、たまたま退職の話が重なった。そういう流れになっていたのかもしれない。


この話には後日談がある。

参田の欠員を補充するために、診療放射線技師の求人募集をかけたところ、数十人もの応募があったという。

勢いで手放した職だったが、公務員というのはそれほど魅力的な立場だったのかと改めて思ったのだった。

第二部

流転

五年間勤めた病院を突然辞めることになった参田は、二十七歳になっていた。

――さて、第二の人生をどう始めればいいのか？

とりあえずは、すぐに職探しに動いた。

ＣＴによる画像診断を積極的に行っていた中部地方のＰ大学附属病院を受けたところ、とんとん拍子で就職が決まった。ＣＴに詳しい診療放射線技師はまだ少なく、需要があったのだろう。住むところも用意してもらい、翌月から出勤することになった。

送別会や引っ越し準備などで慌ただしい日々が過ぎていった。

そんなある日の朝、新聞の求人広告を見ていた参田の目がある一文で止まった。

《診療放射線技師募集》

――ん？　何だろう。

だが、そこは病院ではなかった。「東横メディカル（ＴＭ）」という医療機器の開発・製造を行っている外資系の会社だった。ＴＭの親会社はアメリカに本社を置く世界最大級のコングロマリット（複合企業）だ。

ＴＭの主力商品はＣＴなどの医用画像診断装置だった。

――医療機器を作る会社とはいえ、なぜ一般企業が診療放射線技師を募集しているのだろう？

参田は興味を覚えた。

そこにはちょっとした伏線もあった。

病院でさまざまな画像診断装置を扱いながら、「これは使い勝手が悪いな」「もっとこうすれば便利なのに」と感じる局面が多々あった。だが、そんなことをメーカーに提言しても、地方病院の一介の診療放射線技師の要望など聞いてくれるわけがない。そんな不満を抱えながら仕事をしていたのだった。

——いっそ機器を作る側に回ってみるのも面白いかもな。

そう考えた。

募集が大阪支社で広島から近いこともあり、参田は軽いノリでＴＭ社の面接を受けに行った。

話を聞いて強い興味が湧いた。何よりも、面接をしてくれた総務部長のキャラクターに惹きつけられた。いままでに出会ったことのないタイプだった。

だが、すでに大学病院への就職が決まっている。参田は正直に白状した。

「すみません。興味本位で応募してしまいました。交通費が出るというので面接を受けてみようと」

失礼な話である。普通なら即座に「お引き取りください」ということになる。相手によっては怒り出すだろう。

だが、その総務部長は「わかりました。でも、考えてみて、もし気が変わったら連絡ください」と言ってくれたのだった。

募集はしていなかったが、東京本社で人を探しているということだった。

迷った。だが、「東京」にも興味が惹かれた。

結局、そちらの気持ちが勝った。

画像診断機器メーカーに診療放射線技師が在籍しているということを参田はこのとき初めて知った。だが、それはごく一部の進歩的な会社に限られていた。全国でも十人に満たず、名古屋以西には一人もいなかった。

生来の目立ちたがり屋の本能が顔をのぞかせた。

——西日本で最初の一人になれば目立つな。

こうして参田はＴＭ東京本社への入社を決めた。

就職が決まっていたＰ大学病院には不義理を詫びて断った。

§

参田が配属されたのは臨床応用技術部という部署だった。ＴＭ社のＣＴを購入した病院に機器を設置し、医師や診療放射線技師に操作説明を行うトレーナーという仕事の担当になった。

顧客に機器のことを説明しなければならないから、土日も休まず出勤して勉強した。ＣＴやＭＲＩのことはある程度知っているつもりだったが、使う側と作る側ではその知識量はかなり違う。操作説明や使い方のコツなどを教えるには、機器の原理などの専門分野にも精通していなければならない。たとえば、ＣＴには数学の微分積分が応用されている。

――この歳になってまさか微分積分を勉強する羽目になるとは。

そんなふうに自嘲しながらも、専門知識を身に付けていく毎日は楽しかった。

毎週、日曜から金曜まで出張するという生活が二年ほど続いた。全国津々浦々の病院を巡った。

とある地方の病院へ操作説明に出向くと、新聞社が取材に来ていた。

「あの病院にＣＴが入った」

それがニュースになる時代だった。

毎日が勉強だった。参田はこの時期、これまでの人生の中で最も勉強したかもしれない。

機器の説明の仕方にも工夫を凝らした。

忙しい病院のスタッフは、一度にすべてを説明されても理解できるものではない。だから、病院ごとに個別のマニュアルを作ることにした。まだワープロもパソコンも普及していなかったから、すべて手書きで作った。マニュアルの見せ方も工夫した。病院の診療放射線技師にそうした手製のマニュアルを渡すと、自分のために作ってくれたのかと感謝された。

実は、このマニュアルは自分の勉強用に作ったものを各病院に合わせてカスタマイズしたものだった。参田自身不器用なほうなので、マニュアルはおのずとユーザーの立場に立ったものになった。このときの経験は後年になって大いに生きてくることになる。

§

「ちょっと参田さん！　この脳のＭＲＩ写真を見てください。ここの右側が真っ黒になっていて見えないんです！」

たまたまある病院へトレーナーとして行っていたときに、新人の診療放射線技師がパニック状態になって参田に質問してきた。

強い頭痛を訴えて受診し、脳動脈瘤が疑われた患者のＭＲＩ画像だった。確かに、脳の半分近くが溶けてしまっているように真っ黒になっている。

「そうか」

参田は画像を一目見て、合点がいったようだった。

そして、こう答えた。

「これは金属アーチファクトです」

「金属アーチファクト？　何ですか、それは？」

ＣＴやＭＲＩの画像には時に実際の物体ではなく、二次的に発生した画像の現れることがある。この画像の乱れをアーチファクト（偽像）と呼ぶ。とくに、体内に金属が入っている場合、その周辺が正常に映し出されずに画像が欠けたり歪んだりすることがある。これを金属アーチファクトという。

原因になる金属は、銀歯とか脳動脈瘤手術で使われるクリップであることが多い。

その患者も右奥に銀歯が入っていた。

CTでもMRIでも金属アーチファクトは起こるが、とくにMRIは磁気を使っているので金属の影響を受けやすい。

「さて、これをどうするか……」

参田は何事かを思案しながら、機器を操作している。

やがて、画像の欠けた部分がやや少なくなった。だが、それに伴って、本来の画像のコントラストも弱くなってしまった。

「でも、何とか見えるな。これならたぶん大丈夫そうだ」

いつの間にか、画像を読影する放射線科医が参田の後ろに立っていた。

「君、これ、どうやってアーチファクトを取ったんだ？」

「TEを短くしてみたんです。これで完全にアーチファクトが消えるわけではないんですが、多少は欠損領域が縮小することもあるんで」

ＭＲＩの金属アーチファクトは、磁場の歪みから正しい画像コントラストを得られないことが原因になる。その対策の一つとして、撮影装置を調整してＴＥ（エコー信号が作られるまでの時間）を短くするという方法がある。ＴＥというのはわかりやすく言えば、テレビ画面の横の大きさに関する信号強度の設定だ。

他にも造影剤を使うなどいくつかの手段があるものの、この時代、まだ決定的な方法は開発されていなかった。

――ＣＴやＭＲＩの金属アーチファクトをもっと減らせる方法はないだろうか？

この頃から参田は、そのことをずっと考え続けていた。時は八十年代後半。それから七～八年後、この思いは結実することになる。

§

一九九〇年三月――。

参田は、ＣＴの開発サポートなどを行う部署へ異動になった。

主な仕事は、日本で開発した新しいＣＴを臨床評価することだった。製品化を目指して、現場での評価を依頼した大学病院などに通い、医師や診療放射線技師と情報交換しながら試作品の改良などを行うのだ。

この部署で彼は、ある一人の天才技術者と運命的に出会う。

里村誠。参田と同い年で、国立関東工業大学を首席で卒業した優秀なシステムエンジニアだった。

配属されてまもなく、参田はある大学病院でCTの臨床評価を任された。この仕事で初めて組んだのが里村だった。

「里村さん、CTに、臓器別・病気別で、診断目的に合ったスキャンができるボタンを組み込むことはできないですかね?」

「何で、そんなスイッチが必要なんだ?」

「現場ではCTを使いこなしている人はまだ稀で、大部分の人は機器に慣れていないんです。そういう人のために使い勝手をもう少し良くできないかな、と」

「そうか。わかった。考えてみる。少し時間をくれ」

そして、何週間か後——。

「おい、参田。こんな感じでどうだろう?」

里村に呼び出された。見せてくれたのは、参田が想定したとおりの機能を備えた凄いシステムだった。

こんな具合に、里村はよけいなことは一切言わず、完璧な仕事をした。常に冷静沈着。物事の本質を見通して機器やシステムに反映する力があった。

参田は人脈と着眼点で勝負し、里村は理論的なバックボーンを支えた。参田は里村に絶対の信頼を置いていた。二人は無敵のコンビだった。

こうして開発したＣＴはバカ売れした。

――松芝に勝った。

参田はそう思った。二人がリードして開発したＣＴは、当時圧倒的なトップシェアを誇っていた松芝メディカルを凌駕した。

チームは快進撃を続け、ＣＴ三機種、ＭＲＩ一機種の開発サポートを手がけた。

ちなみに、二人が最初に開発した、診断目的に合ったスキャンのできるボタンは、その後ＣＴでは標準的な機能となった。

ハードばかりではない。二人はさまざまなソフトも開発した。

その一つが、ＣＴの金属アーチファクトを低減することのできるソフトウェアだ。

九〇年代半ばのことだった。

§

参田がTM社に入って、早十年の月日が流れようとしていた。この頃、参田、里村のグループに珍裕之という一人の若者が加わり、このチームで新たな技術の開発に着手することになった。

それは、現在のCT機器には標準的に装備されているMIP（マキシム・インテンシティ・プロジェクション：最大値投影法）表示という機能である。

CT画像はもともと平面像なので、血管や腫瘍など厚みをもった組織を観察することはできない。だが、MIPの手法を用いて、血管に造影剤を注入してX線撮影するCT血管造影法（CTアンギオ）を行うと、血管だけを三次元的に描き出せる。

MIPの原理は次のようなものだ。

造影剤というのはX線を通しにくい。これを血管に流し、CTでスライスした複数の二次元断層像を重ねていき、X線が通りにくい部分だけを串刺しにして横から見た画像にする。すると、造影剤が流れている血管だけが自然と立体的に浮かび上がるという寸法だ。

このＭＩＰという表示方法はもともとＭＲＩで使われていた手法だ。

参田は「これはＣＴでもいけそうだ」と考えた。

そして、彼らのグループはこれを世界で初めてＣＴアンギオに応用したのである。

参田らのグループは、この研究成果を世界最大の放射線医学の学会である米国放射線学会で発表した。

米国放射線学会は、二〇一〇年に元アメリカ大統領が特別講演をしたほどのメジャーな学会だ。

参田らのＭＩＰの研究はこの国際学会で入賞を果たした。入賞は、米国放射線学会のＣＴ部門の約三百演題の中から数演題しか選ばれないという狭き門。日本の診療放射線技師が選ばれるのは初めてのことだった。

だが、こうして目立ってしまったことが社内でバッシングの対象となった。

「メーカーの人間が受賞すべきではない。辞退したほうがいい」と、営業の数名に言われた。

結局、辞退とまでは至らなかったが、この出来事は参田の心に影を落とした。

さらに、「これは当然、製品化されるだろう」と考えていたが、上司からストップがかかった。

「もともとＭＲＩであった技術だから、製品化するほどでもないし、特許を取る必要もない」という判断だった。

ほどなくして、その間隙をついて、松芝メディカルが製品化した。

「参田さん、ありがとう」

後日、松芝の知人からお礼を言われた。

ただ、参田がすでに学会発表をしていたので結局、特許は誰も取得することはできなかった。

——あのとき特許を取っていたら、人生変わっていただろうか。でも特許の制約がないから短期間に広まった。結果として俺は医療に貢献できたんだ。それは本当によかったな。自分の知名度も上がったし。

参田は負け惜しみでなく、心底そう思っていた。

§

――CTで心臓を見ることはできないだろうか？

参田の頭にあるとき、そんな発想が降ってきた。

これが里村とのコラボレーションから生まれた成果の一つである「心臓CT」開発のきっかけだった。

九〇年代半ば、CTで心臓を撮ることはまだできなかった。心臓の拍動が速すぎて、CTのスキャン（回転速度）が追いつかなかったからだ。

参田と里村はCTで心臓を撮る方法について日夜話した。

「里村さん、心臓はいつも拍動していて、その動きはいまの最新のCTのスキャン時間より速いですよね」

「だから、そのまま撮影しても静止画像は得られないよな」

「何か良い方法はないですかね？」

「うーん、そう言われてもな。スキャンの回転速度が上がれば簡単なんだが」

「……たとえば、心臓が動いている時間軸とCTでスキャンする時間軸を合わせたらどうでしょう。写真の流し撮りみたいな理屈です。動いている被写体に合わせてカメラを動かすと、被写体が止まったように写せますよね」

「心臓が動いている時間軸は……」

「心電図でわかるじゃないですか！」

「そうか。なるほどな」

こんなディスカッションから開発がスタートし、国立西松山大学病院の放射線医学の教授の協力を得て研究は加速した。

研究といっても地味な手作業である。心電図を紙にプリントし、ＣＴの一断面をスキャンする時間軸と心電図を紙の上で合わせてみた。ＣＴのどの画像が心電図のどの波形データに一致するかを重ね合わせて調べたのだ。後にこれに使用された定規は参田定規と呼ばれた。

参田は、尊敬する上司である永山秀樹にその過程を報告していた。

「周りからは『ＣＴで心臓を撮影するなんて無謀だ』という声も聞こえてくるが、勝算はあるのか？」

「何とかなりそうです」

「それにしても、コンピュータのアルゴリズムでなく、手製の定規で心電図と同期させるとは……」

永山は最初、呆気にとられていた。

だが、研究チームの話を聞いているうちに、永山のその聡明な頭脳は実現の可能性が高いことを見抜いた。

「ともかく、周りの声なんか気にせずに頑張れ」

こうして、参田らは心電図に同期させた複数のCT画像データから静止画像を再構成する方法を編み出したのである。

九〇年代後半になると、ＭＤＣＴ（マルチディテクターCT、マルチスライスＣＴ）と呼ばれる新しい方式のＣＴが登場した。

従来のＣＴはX線の検出器が一列に並んでいるだけだったが、ＭＤＣＴでは複数列並んでいるので、同時に複数の場所の撮影ができる。一度にたくさんのデータを集めることができるので、撮影時間が短縮され、撮影のために息を止める時間も短くなった。

ＭＤＣＴによる検査では、心電図を測り、心臓の動きに合わせながらデータを収集することができる。

このＭＤＣＴによる心臓ＣＴの仕組みは、参田らのグループが開発した心電同期ＣＴの原理がもとになっている。

だが、この心臓ＣＴが日の目を見て、一般的なものになるまでにはまだ長い時間を必要とした。医療機器などの普及には、薬事承認、保険適用に至る高い壁が存在しているからである。

§

「久しぶりだな、参田。元気でやってるか？　あんな辞め方をしたから、みんな心配していたんだぞ」

参田は、仕事で古巣の公立南広島病院へ出張に来ていた。

仕事が終わると、旧交を温めようと仁科を呼び出した。

「ご無沙汰しています。仁科先輩もお変わりなく」

しばらく近況を報告し合いながら、行きつけのバー「毛利」で盃を傾けた。

近況報告に区切りがつくと、そこは同業者、話は自然と放射線関係のことになった。

「この間、うちの病院であったことなんだが……」と仁科が問わず語りに話し始めた。

「これから、ＣＴなどＸ線を使った機器がますます使われるようになるだろう。すると、どういうことが問題になると思う？」

「何でしょう？　もしかして……」

「そうだ。おまえならピンと来ると思ったよ。まだ誰も声高には言っていないけど、たぶん近い将来、日本では医療被ばくが大きな問題になるような気がする」

「病院で一体何があったんですか？」

参田は気になって話を促した。

「心筋梗塞で心カテを受けた患者なんだが、検査から三週間後くらいに背中の左側が正方形に真っ赤なやけど後のケロイドのような状態になったんだ。入院していて皮膚科を受診したんだが、皮膚科医にも原因がわからないという。ただ、正方形に焼けているのがおかしいということで治療経過をたどっていくと、二時間以上かけて心カテをやったことがわかった。それで、放射線科に紹介されて、Ｘ線被ばくによるやけどだと診断されたという話を耳にしたんだ」

心カテというのは心臓カテーテル検査および治療のことを指す。

心筋梗塞など冠動脈疾患の診断には、最も信頼できる検査方法だ。これは、腕や足の付け根の動脈などから細いカテーテルという管を入れ、その先端を心臓の栄養血管の入口に進め、造影剤を流してX線で栄養血管の血流を動画像で確認する検査だ。

検査で血管の詰まっているところを見つけたら、そこでカテーテルに付けた風船をふくらませて血管を広げたりする治療もできる。

治療にまで進むと時間は長くなる。それだけX線被ばくも多くなるということだ。X線を多量に浴びると、皮膚がやけどのように赤くなったり、皮膚潰瘍ができたりすることもある。

「それにしても、どうして背中が焼けたんでしょう?」と参田が問う。

「同じ方向で撮影していて、管球が背中側にある時間が長かったらしい」

管球とはX線を発する装置だ。

「線量はどのくらい?」

「たぶん、八〜十グレイ」

「そうなんですか……」

放射線に関係する単位は大きく三つある。グレイとシーベルト、ベクレルだ。放射線がモノに当たったときにどのくらいのエネルギーを与えるかを示すのがグレイ、人体への影響を評価するための単位がシーベルト、放射性物質が放射線を出す能力（放射能の強さ）を表すのがベクレルである。

医療現場でのX線機器による被ばく線量は一般にグレイで表される。カテーテル治療で皮膚が被ばくする量は一般に数グレイだ。三〜五グレイで一過性の脱毛や皮膚が赤くなる副作用があり、五グレイ以上ではただれる可能性がある。

参田はなおも尋ねる。

「それで、主治医は患者に何と説明したんですか？」

「詳しいことはわからないが、ひどい心筋梗塞で治療に時間がかかり、X線が長く背中に当たってしまったために皮膚障害が起きたという説明をしたんだと思う」

「そうですね。生命が第一優先ですよね」

「表には出ていないけど、たぶんわれわれが考えている以上に、このような被ばくの問題はあるかもしれないな」

「診療放射線技師も医師も生命を救うことを優先するあまり医療被ばくについては無頓着になるのかもしれませんね」

「それに、医療被ばくによる放射線障害は因果関係が立証できないという難しさもあるからな……」

仁科は難しい顔つきになる。

久しぶりの再会だったが、最後は重苦しい話題で終わってしまった。

実は、参田の広島行きには大きな目的があった。自分が開発にかかわった新しいＣＴの営業である。

「こんな話のあとで、非常に言いにくいんですが……」

参田が恐る恐る切り出すと、薄々感づいていたのか、仁科は快く引き受けてくれた。

「もちろん俺の一存で決められることではないが、上もＴＭ社の製品を気に入っていたし、たぶん大丈夫だろう」

§

後日、参田のもとに公立南広島病院で新しいＣＴを購入してくれるとの連絡があった。

ＴＭ社のＣＴは好調な売り上げを続け、成長企業となっていた。そのため毎年、たくさんの社員が入社してきた。

そんな中でもとくに、病院へＣＴの技術的な説明をしに行く営業技術部という部署の人間たちに、参田はＣＴについて多くのことを教えた。その内容は、ＣＴの基本から始まり、病院での使い勝手、撮影条件を設定するコツ、画像の読み方など多岐にわたった。

そのうちの何人かは、後年、ＴＭ社や他社で部門トップの役職に就いた。その後も付き合いは長く続き、いまも折に触れて相談を受けたり、情報交換をする仲になっている。

そんな後輩たちの一人に、新人で営業部に入ってきた伊藤佳子という女性がいた。優秀な社員だった。関東の有名公立大学を首席で卒業した才女だった。しかも、誰もが振り向くほどの美人ときている。

参田は彼女を可愛がり、とくに目をかけてＣＴについて教えた。他の部下が嫉妬するほどだった。

伊藤の質問は論理的で的を射ていた。

「肝臓がんの早期のデータはＣＴでどう見ればいいんですか？」

「造影したほうがわかりやすいだろうね」

彼女はさらにたたみかけてくる。

「じゃあ、血管腫と早期の肝臓がんは画像上でどう区別するんですか？」

そこまでマニアックな質問をしてくる営業マンは他にいなかった。

――へたな診療放射線技師より勉強しているな。

参田はそう感じた。彼女とそうやって話している時間は、参田にとって何物にも替えがたいほど楽しかった。

伊藤はみるみる頭角を現していった。

その最大の功績は、画像のイメージセンターを開設したことだった。そして、まだ入社四、五年目ながら初代センター長に就任する。

イメージセンターというのは、ＣＴやＭＲＩなどの医用画像を病気別にストックしておく場所だ。それまでは、営業職から営業活動のために「こういう画像が欲しい」と言われると、そのつど懇意にしている病院へ借りに行っていた。それでは時間の無駄だし、あまりにも効率が悪い。

そこで伊藤は、病気別に分類した多くの画像を一箇所にストックしておくというアイデアを思いついた。もちろん、まだクラウドなどない時代だ。これは先見の明だった。

参田もこのイメージセンターの仕事を手伝った。伊藤は勉強熱心で、疑問があるとすぐに相談に来た。

「研究の成果を学会で発表したらどうですか？　海外の学会で受賞したらかっこいいですよね」

そう言って勧めてくれたのも伊藤だった。

――彼女に褒められたい。尊敬されたい。

参田はその一心でますます研究に打ち込んだ。彼女に質問されれば、完璧に答えられるようにと、夜も寝ずに勉強した。そのおかげで、世界最大の放射線医学の学会で栄誉ある賞を取ることができたのだった。

その矢先である。伊藤の札幌転勤が決まった。

札幌と東京。あまりにも遠い。参田は前にも増して多忙を極めていた。結果、以前のように会って話をすることはほとんどなくなった。

転勤から半年後、伊藤が仕事で本社を訪れた。

「久しぶり」

参田は、互いの近況報告も兼ねて伊藤を夕食に誘った。

彼女はますます美しくなっていた。

杯を重ね、話も佳境に入ってきた。

そのとき突然、彼女は少し姿勢を正して参田にこう告げた。

「実は私、いまお付き合いしている人がいるんです。札幌支社の人で……」

参田の笑いが凍りつく。

「そうか……、よかったね」

そう声を絞り出すのが精一杯だった。

「ありがとうございます。参田さんにはきちんと報告しておこうと思って」

それから一年後、伊藤から結婚式の招待状が届いた。

結婚して彼女は退職した。

こうして、参田の淡い恋にはあっさりとピリオドが打たれた。

§

参田らの開発した心臓ＣＴは業界でちょっとしたブームになりつつあった。

ＴＭ社も製品化を急いでいた。だが、世に出せる商品はなかなかできなかった。ところが、ある営業マンが致命的なフライングを犯した。まだできていない製品を大学病院などに売り込みに行ってしまったのである。

それだけなら問題はなかった。製品化が遅れていることを各病院の医師や診療放射線技師はある程度知っていたからだった。

だが、関東の二つの公立大学病院の医師や診療放射線技師をニューヨークでの米国放射線学会へ招待したことが明るみに出た。公立大学ということもあり、これが大きな問題になった。贈収賄の罪に問われたのである。

これは、大学名から「ＤＳ事件」としてニュースでも取り上げられた。

ところが、罪状は贈収賄だけではなかった。詐欺の容疑もかけられることになりそうだったのだ。

売り込んだＣＴで本当に心臓を撮ることができるかどうかが疑われたのである。

参田と開発担当の芦沢光良らはＤ大学病院で、検察官立ち会いのもと、ＣＴで本当に心臓が撮れるかどうかを示さなければならなくなった。

さらに、参田らは、一か月以内に何としてもソフトウェアを作り上げなければならなくなった。会社でおおっぴらに作るわけにはいかない。研修センターという名の合宿所に芦沢と泊まり込んで開発を急いだ。

そして、何とか完成にこぎつけた。

ホッとしたのも束の間。当日は誰かがCT機器を操作しなければならない。そこでミスをすれば詐欺が立証されてしまうことになる。責任重大である。

さて、誰が行くか?

参田に白羽の矢が立った。

——よっしゃ。会社の期待に応えよう。

当日、D大学病院の現場には複数の検察官、医師、診療放射線技師など多くの人間が集まっていた。

もし、システムが動かなければそこでジ・エンドである。

参田は実演を前に、心配そうに隣の芦沢に小声で問いかける。

「大丈夫だよな?」

「うーん……五分五分です」

芦沢の返事は頼りない。

「あとは運ですね」

「俺は強運の持ち主だ……」

参田は何度も自分にそう言い聞かせた。背中を冷や汗がつたい、心臓が早鐘を打つ。

機械を操作する手が震えた。

だが、心臓ＣＴは無事動いた。

「動いた！」

芦沢が感動のあまり叫び声を上げた。

「声がでかい！」

――付け焼き刃のソフトだということがバレたらどうするんだ。もっと涼しい顔をしていろよ、まったくもう。

参田は再び冷や汗をかいた。

§

参田がＴＭ社に入ってから十一年が過ぎた。

この会社では多くのことを体験させてもらった。愛着もあった。

だが、参田は徐々にＴＭ社に対して違和感を覚えるようになってきていた。

その一つは、診療放射線技師を派遣社員にしたことだ。

ＴＭ社の製品が売れている理由は、社員である診療放射線技師が開発部とユーザーである病院の医師や診療放射線技師の間に立って、コミュニケーションを円滑にしているからだった。それを見て、他社も診療放射線技師を採用するようになった。

ところが、その戦力である診療放射線技師を本家のＴＭ社では派遣社員に任せるというのである。

派遣社員では能力的、時間的なことを考えても、病院でのトレーニングはとてもできない。参田にはそう思えて仕方がなかった。

それにＴＭ社は大企業であるため、新たなシステムのアイデアを思いついても、実現までに時間がかかった。現場のニーズに対して即座に応えることが難しいのは大企業ではよくある話なのかもしれないが、そのことにストレスがたまっていった。

参田の頭の中に、初めて「起業」の二文字が点滅した。

――やっぱり俺はもっと現場を助ける側に回りたい。その思いを叶えるには、たとえ小さくとも自分で会社を興すしかないのではないか……。

そんな思いが日ごとに強まっていった。

そこに金銭問題が重なった。

母親が借金を返済できず相手から訴えられ、裁判になった。保証人になっていた参田の給料の差し押さえ通知が会社宛に届いた。差し押さえになって初めて母親の借金の額を知った。

会社が弁護士をつけてくれ、示談交渉した。

――このまま勤め続けるわけにはいかない。

参田は上司の永山に退職願を出した。

「いま辞められると困る。何とかするから、もう少し待ってくれ」

永山はこう言って説得した。

情にもろい参田は、尊敬する上司に引き止められて、二年だけ退職を先送りした。

だが、結局は退社することになった。

最後の日、永山はため息をつきながらこう言った。

「辞めた部下が一人もいないということが俺のささやかな自慢だった。そのジンクスを破ったのはおまえが初めてだよ」

永山は力なく笑った。

こうして一九九八年六月、参田はＴＭ社に別れを告げた。四十歳になっていた。

第三部

変革

「参田さん、元気ですか？　どうでしょう、久しぶりに食事でも行きませんか」

母親の借金のことで悩んでいた参田のもとへ、一本の電話がかかってきた。

同業の坂下メディックの坂下正二郎社長からだった。

坂下メディックは造影剤自動注入装置（インジェクター）を作っている会社だ。

ＣＴやＭＲＩで造影検査を行う際には、このインジェクターを使って静脈の中に造影剤を注入する。この造影剤を注入するタイミングなどは非常に重要で、検査の精度を大きく左右する。

一般にはあまり知られていないが、多くの医療機器はこうしたさまざまなパーツによって成り立っている。

参田はＴＭ社で、この坂下メディックとコラボレーションしたことがあった。当時、インジェクターは数百万円もする代物だったので、ＣＴ・ＭＲＩを作るメーカーは積極的に導入しようとしなかった。参田は競合他社にはない特色を出すために、ＴＭ社のＣＴにインジェクターを付けたのだ。

その結果、診断能力は格段に上がり、ＴＭ社のＣＴの売り上げは増加した。もちろん、坂下メディックも業績を伸ばした。両社はそうしたウィンウィンの関係にあった。

一週間後――。二人は東京・神楽坂の隠れ家風の小料理屋「保志」で再会した。

乾杯もそこそこに、坂下は開口一番、こう切り出した。

「最近、仕事のほうはどうですか？」

「実は会社を辞めようかと思っているんです」

「だったら、うちで一緒に仕事をしませんか？」

「どういうことでしょう？」

「知ってのとおり、うちはインジェクターのメーカーです。でも、このままでは売り上げは頭打ちです。そこで、次の事業展開として画像診断分野にも進出しようと考えているんです。参田さんにその部門を仕切ってもらえたら、と」

「そうですか。とてもありがたいお話ですが……」

「画像診断分野は本社一〇〇％出資の子会社で事業化します。参田さんにはその会社の取締役副社長で来てもらいたいと考えています」

「実は私は、いずれ自分で会社を興そうと考えています。そんな好待遇で迎えてもらっても、何年かで辞めることになるでしょう。それではあまりにも申し訳ない」

「だったら、独立時のために会社経営の勉強をすればいいじゃないですか。悪い話ではないと思いますが」

「しかし、坂下社長のご厚意に応えられるとは到底思えません」

「参田さん、勘違いしてもらっては困ります。温情ではありません。あなたは社長業の勉強をする。その代わり、私は自分の会社を成長させるためにあなたの力を利用させてもらう。これは正当なディールなんです」

参田にはわかっていた。

――これは坂下社長の一方的な厚意だ。俺が負担を感じないようにこう言ってくれているだけなのだ。

「それに、実は……」

と、参田は母親の借金で給料差し押さえになった一件を話した。

「坂下社長に迷惑をかけることになるかもしれません」

「借金なんかで参田さんが苦労することはない。お金はお貸ししますので、それで借金を完済して、医療業界のために働くべきですよ」

ここまで言われたら、もはや固辞する理由はなかった。

「ありがとうございます。感謝します。甘えさせてもらいます」

参田はつくづく思った。

――これまでもそうだったが、俺はこうやってたくさんの人に支えられて生きてきたのだ。こうして受けた恩はいつか必ず返さなければならない。

坂下メディックの子会社で働くようになり、参田はますます忙しくなった。小さな会社だったから、副社長とはいえ、学会発表、営業、広報宣伝などすべての仕事をこなした。もちろん、会社経営の基本も学ぶことができた。

初年度から業績は上がった。

翌年、今度は坂下社長が出資しているソフトウェア開発会社を任されることになった。

ここで手がけたのが三次元医用画像処理ワークステーションの開発・製造だった。これは、ＣＴやＭＲＩなどから得た画像データをコンピュータ処理し、三次元表示や解析を行うことで診断を強力にサポートするソフトウェアである。

やがて参田は、この医療用高性能マシン「３Ｄ画像処理ワークステーション」を武器にこの世界で勝負していくことになる。

このソフトウェア開発会社の社長になった人物が放射線科医の佐藤英昭だった。後に独立し、医用画像解析システム会社を立ち上げる。

彼はその後、スーパーコンピュータの開発を行うベンチャー企業を設立。高性能スパコンを開発して、一躍ベンチャーの雄として知られるようになった。

§

二〇〇〇年四月——。

参田は念願の起業を果たし、有限会社オフィスＳＡＮ《サン》を設立することになった。ＣＴやＭＲＩなどの医用画像データをワークステーションで高度解析処理するシステムの開発・販売を行う会社だ。

オフィスは東京・神田にある蕎麦屋の二階。キックオフ時の社員はわずか二人だった。

そのうちの一人が若井節子だった。まだ少女の面影を残した純朴な女性だが、仕事は早く正確だった。何よりも熱意にあふれ、明るく前向きな性格が、スタートしたばかりの若い会社にとって貴重な戦力となった。

当初は、とにかく資金繰りが苦しかった。実績のない会社に、銀行は冷たい。

参田は資金ショートで会社が倒産する夢をよく見た。

翌朝、ぐったりして出社すると、若井が明るく声をかけてくる。

「社長！　何とかなりますよ。頑張りましょう！」

その屈託のない笑顔に参田はいつも救われていた。

起業を果たしたのはよかったが、商品であるワークステーションの売れ行きは伸びない。会社はなかなか軌道に乗らなかった。

当然ながら、何しろ会社の知名度がない。同業他社からはすぐに倒産するものと見られていた。病院へ営業に行くと、診療放射線技師などから「会社、大丈夫？」とよく聞かれた。

あるとき、ワークステーションのパソコンの動作に不具合が見つかった。弱り目に崇《たた》り目とはこのことである。

――さて、どうするか？

参田は思いあぐねた。一部手直しをすれば切り抜けられる可能性もなくはなかった。

だが、彼は思い切ってリコールした。「借金してでも直します」と四十〜五十のすべての顧客のコンピュータを無料で回収・交換した。

大赤字だった。銀行借入で何とか賄ったが、経営はますます苦しくなった。

ところが、である。

この一件が評判になった。「不具合のある製品をすべて無償で交換する責任感の強い会社」と噂になったのだ。

これをきっかけにオフィスＳＡＮの評価は一気に高まっていった。

参田の持っているお金はすべて泡と消えた。だが、代わりに彼は大きな信用を得たのである。

§

起業して二年が過ぎた。

業界での知名度は上がったものの、経営は依然として低空飛空を続けていた。

——何か、決定的な製品を開発しなければ……。

参田は内心焦っていた。

この日、彼は月末の支払いのため銀行にいた。窓口が込んでいたため、ＡＴＭで振込を済まそうと思った。

そのとき、ブレイクスルーが訪れた。

銀行のＡＴＭはお年寄りも抵抗なく使っている。誰にでも使えるようにシンプルな操作になっているのだ。

――ワークステーションをＡＴＭのように直感的に操作できるインターフェイスにすればいいのでは？

まだ三次元医用画像処理ワークステーションは医療現場に普及していなかった。初めて触れる医師や技師でも、ボタン一つで簡単に三次元画像を得られるように工夫すればウケるのでは？　参田はそう踏んだ。

このアイデアから生まれたのが、誰でも使える３Ｄ解析システム「バーチャルプロセッサー」だった。

「バーチャルプロセッサー」は、ＣＴ・ＭＲＩで撮影した膨大な二次元画像データをワークステーションに転送し、それを解析して三次元画像として再構成するシステムだ。

人間のあらゆる臓器から血管までが、カラーで立体的に三六〇度どの方向からでも見ることができる。

これが大ヒットした。

二〇〇二年の年商は三億円を超えた。オフィスSANは株式会社に改組し、社名を「SAN」に変えた。翌年から年商は倍々ゲームで増えていった。

二〇〇五年、薬事法（現・医薬品医療機器等法）の大幅な改正が行われた。医療機器の承認・許可制度の見直しに重点が置かれたのだ。

この改正で「画像診断装置ワークステーション」が薬事承認対象となった。

薬事承認とは、医療機器や医薬品の製造販売が厚生労働大臣によって公に認められることだ。医療機器や医薬品は、薬事承認を受けて初めて病院で診断・治療に使うことができるようになる。

これまでは、三次元医用画像処理ワークステーションは「研究用」でしか使えなかった。薬事承認対象になったことで、患者を診断するために使えるようになったのである。

薬事品になったことで、導入する医療機関は増えた。

こうして三次元画像処理ワークステーションは医療現場へどんどん普及していった。

§

企業が成長していく過程では、さまざまな人間模様が繰り広げられる。

ＳＡＮも例外ではなかった。

参田は株式会社へ改組する際、ＴＭ社で一緒に働いた先輩である山谷好則を副社長待遇で迎えた。寡黙だが、戦略家で優秀な営業マンだった。顧客にデータを提供するために、自分の体を使ってＣＴを撮るような真面目な人だった。

ＳＡＮでも実力を発揮した。だが、ある年に売り上げが下がり、給与をカットしたところ退職してライバル会社へ移ってしまった。

しかし、その会社とは肌が合わなかったらしく、参田は山谷を再雇用した。

ＳＡＮの中には「競合へ移った人間をなぜ再び採るのか？」という声もあった。だが、参田は押し通した。苦しい時期をともにした仲間であり、感謝していた。

また、やはりＴＭ社時代の後輩に斎藤明宏という人物がいた。

プレゼン能力に優れ、上司との付き合いもうまかった。現場ばかりを歩いてきた参田とは好対照だった。

斎藤は参田よりも早く課長に昇進した。

現場で成果を上げている自分よりも、プレゼン能力などに優れた者のほうが出世していく会社の体制に参田は不満を感じた。

この斎藤もＴＭ社を辞め、ＳＡＮへ入社することになった。

だが、彼は後に会社の権利書を勝手に持ち出してＳＡＮを売ろうと画策した。参田には、ある意味で敵対する人間や迷惑をかけられた相手をも懐に入れてしまうようなところがある。それでまた手痛いしっぺ返しを食うこともしばしばだ。

あるとき、そんな甘さが会社を内部崩壊の危機にさらすことになった。

社長業が忙しくなった参田は、やはり旧知の添田正樹を営業などの担当として採用した。これが失敗だった。添田は開発部の人間たちに「独立すればもっと儲かる」と吹き込んだ。これをきっかけに社内の雰囲気が悪くなった。部署間のセクショナリズムが露骨になり、独立する者があとを絶たなくなっていった。

その一人が開発部の真野徹だった。

彼は「独立したいが、すぐには独り立ちできない」と金銭的な援助を求めてきた。これまで商品開発で貢献度の高い人物だったこともあり、参田は了承した。

在籍中に開発したソフトウェアの権利はすべてＳＡＮにあると書面で認めさせ、独立会社で正当な仕事をするとの条件で、年間一億二千万円で業務委託契約を結んだ。株式会社設立の資本金三百万円もＳＡＮで負担した。

だが、その会社は期待する仕事を全くしなかった。病院からはクレームが入るようになった。

もはやここまでである。ＳＡＮがすべて仕事を引き取り、業務委託契約を打ち切った。ほどなく真野はその会社を閉鎖した。ＳＡＮは株を三〇％所有していたが、利益ゼロと主張され、一円も戻ってこなかった。

話はさらに泥沼化する。

真野は、ＳＡＮを辞めるときに所有権を放棄したソフトウェアの著作権は自分にあると言い出して裁判を起こした。裁判官には半ば強引に和解を勧められた。

実は、真野は筆頭株主であるＳＡＮに無断で自社を閉鎖した。これは法律的に問題があり、和解金として三百万円支払ってもらうことになった。

結局、和解に至ったのだが、このときの裁判官の言葉に参田は耳を疑った。

「和解にして、資本金の三百万円と向こうからの和解金三百万円で帳消しにしてやってくれ」と言われたのだ。

そもそも、その資本金はＳＡＮが用意した金だ。本来なら六百万円を支払ってもらわなければ筋が通らない。

だが、参田は争うことに疲れていた。もう終わりにしたかった。だから、泣く泣く矛を収めた。

§

「衆三！　ああ、よかった。やっと連絡が取れた。実は、お母さんが……」

その日も深夜まで仕事が長引き、ようやく帰り着いて、風呂上がりの缶ビールのプルトップに手をかけた瞬間に電話が鳴った。広島の実家にいる姉、知恵子からだった。

夜中の電話は不吉だ。良い知らせだったためしがない。

参田は姉の次のセリフを予感しつつ、重たい気分で聞き返した。

「おふくろがどうしたって？」

「最近、咳と熱が出ていて今日病院へ行ったら、肺がんだって言われて、入院することになったの……」

姉は完全に気が動転していた。

「まさか」と参田は笑い飛ばした。

人間というのは不思議な生き物で、自分や自分の身内が命にかかわる病気になるとは毛頭思っていない。

「お医者さんには、一応肺がんの新薬を試してみようかと言われたの」

「わかった。よろしくお願いします」

姉によると、この日入院した母はすでにその夜、

「胸が痛い」

「気持ちが悪い」

と訴えたという。だが、吐き気止めなどを処方するだけで、医療スタッフはその症状をさほど気に留めなかったらしい。

しかも、あろうことか、担当医はこの日、胸部X線写真もCTも撮影していなかった。

症状は、入院して十日が過ぎても治まらなかった。

医師もさすがに「変だ」と思ったのだろう。そこで初めてX線検査をした。

その結果を知らせに再び姉から電話がきた。

参田は仕事をやりくりし、すぐに広島へ向かった。病院へ到着し、主治医に話を聞きに行った。

信じがたい医師だった。

「患者の息子の参田衆三です」と名刺を渡す。

「以前は公立南広島病院で診療放射線技師をやっていました」

「ほお……」

「母の状態はどうなんですか？　診断は？」参田は矢継ぎ早に質問した。

「いや、まあちょっと肺炎を起こしていて……」

主治医の話は全く要領を得なかった。

そして、説明をそこそこに切り上げると、

「そうか、君は技師か。だったら、仕事柄わかると思うが、私は先日、学会でこんな発表をしてね」と論文を出してきた。

「フロアから絶賛されたよ。これがどれだけすごい研究かわかるだろ？」

その医師は、母親の病名や経過などの説明は曖昧に終わらせ、あとはひたすら自慢に終始した。

「そんなことはどうでもいいです。ともかくX線写真を見せてください」

主治医は渋々、X線写真をシャウカステンにセットした。

肺は真っ白だった。新薬の代表的な副作用である間質性肺炎だろう。参田の目にも一目瞭然だ。完全に手遅れだった。

「どうして最初の段階でX線写真を撮らなかったんですか?」参田は詰め寄った。

「症状がそれほどひどくなかったものだから……」

「でも、入院した日の夜、胸が痛い、気持ちが悪いと訴えていたはずです」

「いや、看護師から聞いていない」

看護師に確認すると、「確かに報告しました」と言う。

早くも責任のなすり合いが始まっていた。

あとで確認したところ、初日にすでに呼吸が苦しいので点滴をやめてほしいと言っていたらしい。主治医は、自分のミスだということに気づいていたはずだった。だが、もはや責任逃れしか考えていなかった。

参田は、やり場のない怒りを押し殺し、一礼して医師に背を向けた。

そして、母親の病室へ向かいながら、かつて病院に勤務していたときに父親を救ったことを思い起こしていた。

あのときは同僚たちに「運がよかったな」と言われた。参田も自分が病院にいてラッキーだったと思った。

当時から、「医療の不平等さ」については漠然と感じていた。

だが、近しい者が不運の側の当事者となって初めて、情けないことに参田は、怒りや矛盾を押し殺して泣き寝入りしている患者や家族がどれだけいるかということに現実的に思い至ったのである。

——助かるはずの命が助からない。そんなことがあっていいのか。

参田はこの一件を絶対に忘れないようにしようと心に誓った。

§

二〇〇六年——。

会社の内部崩壊という最大の危機を乗り越えたＳＡＮは快進撃を続けていた。

この年は、医用画像処理システムがさらにワンステップ進化することになった。それまでのワークステーションは他のコンピュータに接続せずに使うスタンドアローン型だった。

だが、薬事承認によって診断に使用できるようになって使用頻度が増え、病院内に複数の端末を置く必要に迫られた。

ＳＡＮはその流れを先取りした。ネットワーク型のワークステーションを開発したのである。

だが、そこに至るまでには曲折もあった。営業部が難色を示したのだ。

「現状でも十分売れているのだから、新しいものを作る必要はないと思う」

そんな意見が主流を占めていた。

病院での保守点検などを行うサービス部は「ネットワーク型にすると、二十四時間対応で忙しくなる。それは勘弁してほしい」と反対した。

開発部も二の足を踏んでいた。

「だめだ。いま着手しなければ絶対に他社に遅れをとる。これには会社の命運がかかっている」

そんな参田の声に賛同したのが、サービス部の今沢力也と東村光彦だった。彼らと数名のスタッフの提案をもとに、ネットワーク型ワークステーションの開発が進められた。その翌年、他のメーカーも一斉にネットワーク型ステーションを発売した。

一歩先んじたＳＡＮは、すでにその売れ行きを軌道に乗せていた。

二〇〇八年。ＳＡＮは次の一手を繰り出す。ＰＡＣＳ《パックス》メーカーとの提携を打ち出したのだ。提案したのはやはり今沢と東村だった。

ＰＡＣＳというのは医療用画像保存・通信システムのことだ。

以前は病院で画像検査を受ける際、検査室で撮影したＸ線やＣＴの写真を患者本人が持って再び診察室へ行っていた。だが、いまでは検査画像は診察室の医師のパソコンに直接送られるようになっている。

このように、撮影したＣＴやＭＲＩなどの画像データをまとめてサーバーに取り込み、ネットワークで診察室や病棟などの端末に配信するシステムがＰＡＣＳである。

――ＰＡＣＳメーカーとの提携か。面白いかもしれない。

参田は思った。

ネットワーク型ワークステーションは本体を端末からコントロールし、院内どこからでも画像解析や3D画像作成を行うことができるシステムだ。

一方、PACSはあくまでも院内で画像を見るだけのシステムだ。画像解析などの機能はない。

だが、病院でこの両方を使おうとしたら、それぞれ専用のモニターが必要になる。さらに、電子カルテ用のモニターもある。これは医療スタッフにとって煩雑きわまりないし、経費の無駄づかいでもある。

「だったら、この三つを一緒にしてしまえばいいのでは？」と参田は考えた。

そして、PACSメーカーなどと提携し、PACSや電子カルテの端末から「3D」といったリンクボタンをワンクリックするだけで「バーチャルプロセッサー」を起動できるようにしたのだ。本来は別々の機能を持つ機器間で互換性を持たせたのである。

こうして、打つ手が次々と当たり続けたSANは大きな成長を遂げた。

そして二〇〇九年には、多くのベンチャー企業の聖地である六本木ヒルズに広大なオフィスを構えるまでになった。

§

参田のビジネスは順調であった。

そこへ再び悪い知らせが届いた。

旧来の知人が、進行性の乳がんと診断されたのだ。彼女は毎年、乳がん検診を受けていた。昨年も「異常なし」との結果に安心していた。

ところが、今年になって胸のしこりに気づいた。近くの病院を受診し、X線検査を受けたが、とくに異常は見つからなかったという。

だが、数か月経っても、胸のしこりは残ったままだった。

そんなある日、参田はたまたま用事があり、彼女に会うことになった。そして、相談を受けた。

「もう一度、大きな病院へ行って検査したほうがいいと思う。知っているドクターを紹介するから。受診したら、俺からも言っておくけど、必ずMRIを撮ってもらうように」

参田はそう勧めた。一つの根拠があったからだ。

「でも、検診では異常なしだったのに」と彼女は納得がいかない様子だった。

検診での「異常なし」には厳密には二つの意味がある。「本当に異常が見つからなかった」という場合と、「異常があるかどうかわかる画像が提供できなかった」という場合だ。どちらも、通知は「異常なし」だが、読影不能だった場合はもう一度きちんと検査しないと本当のところはわからない。

参田はそのことを嫌というほど知っていた。

乳がん検診で行われるのはマンモグラフィという検査だ。これは乳がんの初期段階の石灰化（カルシウムの沈着）やしこりを見つけるための乳房専用のX線撮影検査である。

しかし実は、進行型の乳がんはX線検査ではわからないこともある。

「欧米人と違って日本人などアジアの女性には高濃度乳腺の人が多いんだけど、これはマンモグラフィでがんが見えにくいタイプの乳房なんだよ」

高濃度乳腺（デンスブレスト）は乳腺が密集しているタイプの乳房だ。日本人女性の七割は高濃度乳腺だともいわれ、若い人ほど高濃度の割合が高い。

欧米人に多いタイプは乳腺の密集度が低く、脂肪の多い脂肪性乳房だ。この場合はマンモグラフィで乳房は黒く写り、がんは白く写るためがんを見つけやすい。

一方、高濃度乳腺の場合、乳房もがんも白く写るのでがんを見つけにくいのだ。

彼女は参田の勧めに従って病院で精査を受けた。そして、ＭＲＩを撮影した結果、進行性の乳がんと診断されたのだった。

幸い、リンパ節への転移はなく、手術が成功して一命を取り留めた。だが、もう少し発見が遅れたらどうなっていたかわからない。

いまも元気で暮らしている。

近年のさまざまな研究で、とくに日本人の乳がんはＸ線検査ではわかりにくく、ＭＲＩ検査あるいは超音波検査が必須だということが報告されている。

しかも、Ｘ線を使うマンモグラフィと違って、ＭＲＩ、超音波検査なら医療被ばくもない。

にもかかわらず、国や行政は動かない。乳がん検診は相変わらずマンモグラフィ一辺倒である。

そんな患者不在、国民不在の例は医療の世界にいくらでもある。

――いつまでこんなことを続けるのか。

参田は、硬直した医療行政に改めて苛立ちを覚えた。

§

二〇〇八年四月、参田のもとへ一つの朗報が届いた。

診療報酬改定で冠動脈ＣＴ加算が設けられ、心臓ＣＴが保険適用されたのである。

だが、手放しで喜んではかりもいられなかった。

参田らのグループがＴＭ社で心電同期ＣＴを開発してから、十年以上の月日が流れていたからだ。

――このスピードの遅さは何だ？

参田の頭の中で、この国の医療行政や法律などのあり方への疑問がふくらんでいった。

参田はＴＭ社での日々を思い起こしていた。当時、開発に携わった仲間や協力してくれた医師とこんな会話を交わしたものだ。

「心臓ＣＴなら、患者さんの体にほとんど負担を与えずに心筋梗塞などの診断ができるのに、何で行政はそのことがわからないのか」

「結局は高額な心臓カテーテル検査をすることになるんだよな」

「だから、日本の医療はいつまで経っても欧米に遅れるんだ」

当時、ＴＭ社は心臓ＣＴの薬事承認・保険適用に向けてさまざまなアプローチを行った。医師も多くの論文を発表したし、研究会を立ち上げたりした。また、全日本医師会や全日本診療放射線技師会、全日本医療機器販売業協会、全日本画像医療システム工業会などの各種団体も厚生労働省に陳情書を出していた。

だが、何年経っても状況が動く気配はなかった。

そもそも厚労省の役人でさえ、ＣＴをよく知らない人間がいるほどだった。時間をかけて役人を説得して理解を得られたと思っても、彼らは一、二年で異動して出世していく。そして、新しくやって来た役人にまた一から説明しなければならないのだ。

医療機器も医薬品も、どんなに優れた役に立つものであっても保険点数が付かなければ話にならない。普及していかないのだ。

病院も保険適用されていないものは積極的に導入しないし、保険適用外の検査・治療を受けようと思えば患者は高額な医療費を負担しなければならない。たまに、病院が「研究費」として一部負担するケースもある。

アメリカなど欧米先進国では医療機器や薬剤の研究開発から普及までの時間が短い。それに対して、日本では薬事承認・保険適用まであまりにも時間がかかる。

この医療機器承認の遅れはデバイス・ラグ、新薬の承認の遅れはドラッグ・ラグと呼ばれ問題視されている。

そんなことを考えて、参田は強い虚脱感に襲われる。

――所詮、一介の診療放射線技師や医用画像システム開発会社の経営者では医療の現状をたった一ミリさえも動かすことができないのか。日本の医療はこのままではダメになる。だけど、一体どうすればいいのか……。

§

SANの開発部に村越秀人という技術者がいた。医療畑の人間ではない。中途入社で、以前はゲーム機を作っていた。

彼が開発にかかわったソフトウェアの一つに「大腸CT解析」がある。

大腸のCT画像をコンピュータ処理することで、まるで内視鏡で見るように三次元の画像が得られるソフトだ。これがオプションのアプリケーションとして画像解析ワークステーションに搭載された。

内視鏡検査では、大腸というトンネルをたどっていき、いわゆる「管」の内部をそのままの状態でしか見ることができない。だが、大腸ＣＴ解析ソフトウェアの機能の一つとして、「展開表示」という表示モードがある。これを使えば、管を切り開いたように内部を見ることができる。

その開発段階で村越は、「どうして平面にする必要があるのか？」「大腸を展開した不自然な画像を医師は読影できるのか？」などと盛んに疑問を投げかけた。相手が誰だろうとおかまいなしだった。

村越はそういう男だった。彼の開発への姿勢の根底には常に「なぜ？」があった。

参田はそこを評価していた。新しい何かを生み出す原動力はこういう視点だからだ。

この「仮想内視鏡」は業界で話題になった。大腸がんやポリープを調べる内視鏡検査は腸内に内視鏡を挿入するので患者に少なからず負担をかける。だが、このソフトを使えば体表からのＣＴ撮影のみで大腸の内部を見ることができるからだった。

二〇一〇年、ＳＡＮにとって大きな出来事があった。病院で冠動脈のＣＴ撮影を行い、心臓の冠動脈ＣＴ解析が診療報酬の対象となった。三次元解析した場合、六〇〇点の保険点数が付く。

この冠動脈ＣＴ解析は、医用画像解析システムとしては初めての診療報酬対象となった。さらに、大腸ＣＴ解析加算も新設された。どちらも村越が中心となって開発したソフトウェアだった。

ここに至る道も長かった。

参田はまず全国の大学病院を中心に十施設以上のキーとなる病院を選び、医師の協力を得て三次元画像を作成することを奨励してもらった。ＣＴの研究会や勉強会には画像解析システムを展示し、広めていった。

一方で、世の中へのアピールも重視した。テレビでＳＡＮの企業ＣＭを流したり、医療テレビドラマの制作班に協力を申し出て三次元画像を登場させたりもした。こうして、人間の体の内部を三次元で映した画像が少しずつ社会に広まっていった。

――政治が動かなければ医療は変わらない。政治を動かすには世論に訴えなければならない。

参田は、経験を通してこのことを痛感した。

§

「おい、若井！　ちょっとこれ見てみろよ」

ある日の朝、ＳＡＮの社長室。参田はいつものように朝刊に目を通していた。創業メンバーの若井節子はいまや社長秘書的な役割を担っており、参田にとってなくてはならない存在になっていた。

「社長、何ですか？」お茶を運びながら聞き返す。

参田がある新聞記事のヘッドラインを指差した。そこにはこう書かれてあった。

《〇〇大学病院の放射線科医、過労死か？》

記事を読むと、その医師は読影室のデスクに突っ伏すように倒れているところを朝一番で出勤した同僚医師に発見された。そして、死亡診断の結果、死因は急性心筋梗塞と判明したという。

「過労死ってどういうことですか？」若井は怪訝そうに尋ねる。

「この大学病院ってブラックなのかしら……」

「必ずしもそういうわけではないと思う。放射線科医は長時間労働を強いられているんだ」

参田が答える。

「でも、救急とか外科、産婦人科などは診療外業務が多いというのは聞いたことありますけど、なぜ放射線科医が長時間働かなければならないんですか？」

「CT、MRIなど画像診断機器が進歩したからなんだ」

「意味がわかりませんけど」

「若井も知ってると思うけど、最新のマルチスライスCTだと患者一人あたり、多い場合だと数百スライスの画像を撮ることもある」

初期のCTはX線を発生する管球という装置が患者の周囲を一回転するごとに息を止め、一枚の画像を撮影していた。九〇年代になると、ヘリカルCTが登場し、短時間で多くの画像枚数が撮れるようになった。また、一日に検査できる患者数も激増した。さらに、九〇年代後半にはマルチスライスCT（マルチディテクターCT）が開発された。

CTは人体を挟んで管球と反対側にX線の検出器が設置されている。検出器はX線フィルムの代わりで、これで画像が得られる。最初の頃の検出器は一列（検出器の数は列という単位で表す）だけだったが、マルチスライスCTでは多列化が進み、六十四列という機器を備える病院も増えた。それにより、一人の患者に対して読影する画像情報が膨大になった。

「それでどういうことが起こったと思う？」

参田は謎かけをするように若井へ質問する。

「診断能力が上がったんですよね」

「そう。そして、それに伴って放射線科医一人あたりの読影件数が大きく増えたんだ」

検査画像は大容量のサーバーから放射線科医（画像診断医）の端末へ送られる。画像診断医はその画像を高速にコマ送りにしてモニターで読影している。この作業は医師の大きな負担になっている。

「読影室で毎日、夜遅くまで読影している放射線科医も少なくない。ストレスも相当なものだろう。過労死する医師が出ても不思議じゃないよな。それに、そもそも放射線科医の数が少なすぎるという問題もある」

日本の人口百万人あたりの医師数は先進二十か国の中で最下位である。一方、経済協力開発機構（ＯＥＣＤ）のデータによると、日本の人口百万人あたりのＣＴ、ＭＲＩの保有率はダントツの世界一位だ。そして、世界二十六か国の平均比でみると、ＣＴ、ＭＲＩ装置一台あたりの放射線科医数は〇・〇八五人ときわめて低い（『諸外国における放射線科医の実態調査』ＪＣＲワーキンググループ報告より）。

「え、そんなに少ないんですか……？」若井は唖然とする。

「じゃ、どうすれば？」

「放射線科医を増やすことがベストだけど、急には難しいから、診療放射線技師やシステムの双方がサポートし合い、それに伴う法の見直しも必要だと思う」

これまで読影は医師が行うべきものとされてきた。だが、二〇一〇年四月に厚生労働省医政局長から出された通知では、診療放射線技師の業務範囲として「画像診断における読影の補助を行うこと」が明文化されている。

これを受けて、実際に診療放射線技師による読影補助を検討する病院が増えつつあった。

§

企業を経営していると、不本意ながらも、時に訴訟に巻き込まれることがある。参田はまたしても苦い経験をする羽目になった。

ＳＡＮの開発責任者に川上真輔という男がいた。三次元画像解析ワークステーションの開発にかかわっていた。

あるとき彼が「独立したい」と言ってきた。参田は引き止めたが、決意は固く、彼は退職して会社を興した。ＳＡＮが資本金の三分の一を出資した。

しかし、その会社は一年ほどで解散する。その後、川上は業界における新興勢力の一つであるＥ社へ就職した。

ほどなくして、Ｅ社から新たに発売された三次元画像解析ソフトの製品は、画像の質感などＳＡＮの製品と驚くほど似ていた。

顧客や他の競合会社からもその点を指摘された。盗作の疑いが濃厚だった。

「これはわれわれの業界全体の問題だ。放置しておくべきではない」

競合会社の多くの知人からそう言われた。

参田は、やむなく川上を相手どり訴訟を起こした。

裁判では、弁護士を通してE社側に、第三者機関に依頼してソースコード（コンピュータプログラムやソフトウェアの元になる文字列）をコピーしていないかを調査させてほしいと申し入れた。

だが、E社側は拒否した。さらに、裁判所経由でもこの申し入れは却下された。

参田は裁判官に「なぜか？」と迫った。

「相手側が嫌だと言うのだから仕方がない」その一点張りだった。

参田は愕然とした。

――「相手が嫌だと言うから」で通る裁判があるのか？　それで済むなら裁判所なんか要らないだろう！

挙句の果てに、裁判官は「私にはこういうソフトウェアの専門的な話はわからない」と言うのである。参田はあっけにとられ、その裁判官の顔をただ呆然と見ていた。

結局、中身の精査は一切なしで、口頭または意見書に回答するだけの紙の上だけの裁判となった。そして、「コピーはしていない」という判決が出された。

――なぜ、第三者機関による精査が認められなかったのだろうか……？

真相はわからない。

——目に見えない圧力が働いた。

参田は漠然とそう感じた。

第四部

決断

政権与党である民友党でかつて幹事長も務めた大物政治家・中下剛造と初めて会ったのは、ＳＡＮのパーティの席上だった。

中下の地盤は広島である。参田の姉がたまたま知り合いで紹介してもらったのだった。二〇一一年の年末のことだ。

その後、食事をともにする機会を得た。その際、参田はこれまでに感じてきた医療現場の問題点について力説した。

「医療従事者や医療に関わる企業は、最先端医療の実現を目指して必死に研究開発を行っています。しかし、医療に投じられる国の予算が、公平かつ適正に使われていない場合もあると聞きます。国の研究費の使い方をもっとオープンにすべきです」

酒の酔いも手伝ってか、参田は日頃感じている疑問を一気に吐き出す。

「予算審議時の人選も、それぞれの議題に合う専門医師や専門コメディカル（医師以外の医療スタッフ）、専門学者、関係機器製造販売メーカー、関係医療団体、関係患者の会などそれぞれの代表を集めて決めるべきです。そうでないと患者さんが求める最先端医療が正しく法律化されないと思います」

さらに参田は、薬事認可の問題にも言及した。こんな機会はそうそうあるものではない。口が勝手に滑っていった。

「医療機器には薬事を取るのに、システムの縦横・長さに一定の大きさがなければならないという規定もあるんです。これだけコンピュータのハードウェアの小型化が進んでいるというのに、あまりにも時代に逆行しています。狭くて困っている医療現場で場所を取る結果になっているんです」

そして最後に、中下へこう訴えた。

「こうした問題を解決して本当に国民のための医療を実現するには、法整備など政治の力が必要なんです」

参田にしてみれば、非公式な陳情のようなつもりだった。

すると、それまで参田の主張をじっと聞いていた中下は、おもむろにこう言った。

「だったら、現場に詳しい専門家として、参田くん自身が政治家になって課題を解決したらどうだ？」

「先生、ご冗談を。私など政治家の器ではありません」

恐縮した参田は思わずそう返した。

「そんなことはわからないだろう」

「私が政治家ですか？」

「考えてみたらどうだ？」

「……ええ、そうですね」

と、肯定とも否定ともつかぬ返答をし、その場はお開きになった。

だが、一日、二日と経つうちに、中下の言葉が参田の頭の中でふくらんでいった。そして、「自分が政治家になる」ということについて真剣に考え始めるようになった。父親がつけた衆三という名前の由来を思い出しもした。

――とにかく、できるだけのことはしてみよう。

そう考えた参田は実際に動き始める。まずは中下の政策秘書に連絡した。

「先生に勧められて、真剣に考えてみようかと思っているのですが」

秘書はうんざりした様子でこう返した。

「もう参田さん、やめてくださいよ。オヤジの冗談を真に受けるなんて、どうかしてますよ。オヤジから『参田くんが出馬するらしいから段取りしてやれ』と言われたけど、そんなことはないでしょうと断っておきましたから。参田さんは会社の社長なんだから、政治なんかに首を突っ込むことはありませんよ」

埒が明かないと思った参田は再度、中下に面談のアポを入れた。そして、国政に挑戦したいということを相談した。

中下もまさか本気にしているとは思っていなかったのか、一瞬驚いた顔をしたが、「党に話だけはしてみる」と言った。

参田はその言葉を聞いて、「この話は消えたな」と一気に体温が下がった。

――いろいろな人の面倒を見ていて忙しい中下先生が、俺のために自ら動いてくれるわけがない。まあ、いい経験ができたと思うことにしよう。

発作的に思い立った政治家への道は、あっさり立ち消えになったかに見えた。

§

それから程なくして、ある人物がＳＡＮで盛岡支店の営業職に応募してきた。名を長谷泰司という。

話を聞くと、以前は東北に強固な地盤を持つ大物政治家の私設秘書を務めていたという。

参田はこの話に興味を惹かれた。自覚する以上に国政に興味があって、冷静な目を失っていたのだろう。

面接に立ち会った社員は彼の採用に反対した。だが、参田はその意見を押し切って採用を決めた。長谷の能力や人間性など深く見極めもしなかった。

こうして長谷はSANの盛岡支店に勤めることになったが、東京と盛岡だから参田がその働きぶりなどを知る機会もほとんどない。あとで聞くと、評判は悪かった。仕事はせず、金にルーズだったらしい。

この採用の失敗が、後に影を落とすことになる。

参田の政治への熱は冷めるどころか、ますます燃え盛っていった。

そんなとき、全く別のルートから参議院選への立候補の話がきた。全日本診療放射線技師会が、診療放射線技師の代表を国会へ送り込むことを模索していたのである。

そして二〇一二年十月、中下と十か月ぶりに再び面談することになった。彼は民友党の選挙対策委員長を紹介してくれた。

こうして参田は二〇一三年五月の参議院選挙への立候補を目指すことになる。

年が明けると、いの一番に参田は、全日本診療放射線技師会の幹部である内川恵一の元を訪れた。内川は参田の尊敬する診療放射線技師であり、二人は旧知の仲だった。

「そういうことになりましたので、ぜひ協力をお願いできればと思います」

参田が切り出すと、内川はすべて了解しているという様子でこう言った。

「診療放射線技師の代表を国会へ送り込むのはわれわれの悲願だ。看護師や臨床検査技師の国会議員はいるのに、なぜか診療放射線技師はいまだ一人も国会の場へ行った人間はいない。診療放射線技師の地位向上と医療現場の改善のためにも、参田くんにはぜひ当選してほしいと思っている。技師会としてもサポートするよ」

ありがたい。全日本診療放射線技師会の推薦を得た。

次のステップは民友党の公認を得ることだった。公認候補として立候補するかそうでないかは大きな違いだ。

公認を得られれば、政党の支持母体が責任を持って全面的にバックアップしてくれる。また、民友党では国政選挙の立候補者が納める供託金を党が負担する。

参田は、公認を得るために、党の代議士との面談に臨んだ。内川も推薦人として同行してくれた。

場所は国会内にある歴代総理の写真が飾られた部屋だった。そこには数名の代議士が待っていた。

その中の一人に、閣僚経験者である民友党の重鎮・沢井徹がいた。

眼光鋭く、煙草をくゆらせながら、品定めをするような目で参田を射抜いた。

——これが政治家か……。

参田はその迫力にたじろいだ。

面談では、議員になって何を実現したいのかなど多くのことを質問された。だが、緊張のあまり、参田は聞かれたことや話したことをほとんど覚えていない。

ただ、最後に沢井が発した一言は参田の心に刺さった。

「国政選挙に出るには相当の金がかかる。家族にも迷惑をかけるかもしれない。それでも立候補するという覚悟が、参田さん、あなたにありますか？」

その後、支援団体や支援企業のリストに加え、予測獲得票数、経歴書など、自分を売り込むために思いつく資料を作成しては、党の役員などに説明する日々が続いた。公認を得るために、一定数の党員を集めることにも奔走した。

しかし、党はなかなか公認を出してくれない。じらしているのか、それとも論外と判断されてしまったのか……。

「正直、こんなに公認を得るのが大変だとは思いませんでした」

参田はたびたび内川に愚痴をこぼした。

結局、公認を得られたのは三月の後半だった。

公認候補を発表する場で、参田は初めて総理に会った。そこで「検査技師の参田さん」と言われた。（臨床）検査技師は採血や尿検査をする職種で、診療放射線技師とは異なる。

――いや、違うんだけどな……。悔しいな！　診療放射線技師の認知度はそんなものなのか。

すでに投開票まで一か月半しかなかった。

こうして参田は、第三十一回参議院議員通常選挙に比例区（全国）から立候補することになった。

§

参田は選挙についてはド素人であるが、公認が決まるまで何もせずに過ごすわけにはいかなかった。

そこで立候補を決めるとすぐに、人づてに、一人の選挙コンサルタントを紹介してもらった。佐藤葉子という女性で、元議員秘書だという触れ込みだった。

「大丈夫です。私の言うとおりにすれば当選も難しくないですから」

佐藤は会うなり、こう言った。

そして、選挙に関するノウハウをいろいろと説明された。選挙素人の参田は心強い参謀を得たと安堵した。そして、心配な点を確認する。

「コンサルティングの費用はどのくらいかかりますか？」

「手付金として三百万円、顧問料として月五十万円いただきます」

相場も何もわからない参田は、言われるままに契約を結んだ。

だが、費用はこれだけでは済まなかった。

話し方のレッスン代、自分のテーマカラーを決めるカラーコーディネーター代、ホームページや名刺などに使う写真撮影の際に必要なヘアメイク代、カメラマン代、写真加工代など、次から次へと請求された。

佐藤は、初めは週に一回のペースで事務所を訪れ、選挙のノウハウや活動のためのツールなどについてアドバイスした。だが、一か月ほど経つと、その頻度は月に一回程度になった。その面談も、参田から連絡してようやく会えるという状況だった。

秘書の派遣業務もしているらしく、秘書を数名紹介してもらった。だが、選挙前に全員が辞めてしまった。

——選挙活動ってこういうものなのか？

参田の頭の中で疑問符が大きくふくらんでいった。

「民友党公認候補の参田衆三です。さんだのさんは参議院の参、しゅうぞうのしゅうは衆議院の衆。参田衆三を何卒よろしくお願いします！」

二〇一三年五月初め——。

参田は、夏のような強い陽射しの降り注ぐ東京・神田駅前の広場で、第一声を発した。かつて起業して最初にオフィスを構えた神田から、この戦いを始めたいと思った。

選挙期間は約二週間。スタッフに励まされながら、参田は初当選を目指して全国を走り回った。

盛岡支店で採用したＳＡＮ社員の長谷が東京に異動してきており、就業時間以外に自ら手伝うと申し出てくれた。元国会議員の私設秘書の経験があるため心強かった。

何しろ、参田はポスターやビラ一つ取っても制作のポイントなどがよくわからない。すべて長谷の意見を聞いて制作した。だが、なぜか周囲からは不評だった。そのたびに作り直す羽目になった。

「選挙カーは有効な選挙運動です」

そう長谷に言われ、選挙カーを借りて、東京から九州まで横断して遊説した。

何だか、いつかテレビで見たような光景を自分が演じているようで気恥ずかしかった。長谷も選挙カーに乗り込み、候補者本人に代わってマイクを握った。後に思い知るが、長谷は単にウグイス嬢の真似事や街頭演説がしたかっただけだった。

二週間の選挙期間はまたたく間に過ぎた。


そして、五月末の投開票日を迎えた。

周囲の予想では当落ギリギリのラインという噂が立っていた。

参田自身も少なからず期待した。

――当選すれば、俺も国会議員か。

期待と不安を抱きながら開票結果を待った。

ところが、フタを開けてみたら、あっさりと落選。箸にも棒にもかからなかった。得票数はわずか三万票あまり。目も当てられない状態だった。

選挙期間は二週間あった。だが、その二週間で票が動くことはほとんどない。選挙期間前にすでに勝負は決していた。

その夜、参田は支援者やスタッフの前で敗戦の弁を語った。

「せっかく応援していただいたのに期待に添えず申し訳ありませんでした。私の力不足以外の何物でもありません。それでも、三万人ほどの人が投票用紙に自分の名前を書いてくれたことには感謝しています」


少し時間が経ってから、なぜ当選できなかったのかを参田はじっくり考えた。

そして、思い当たった。

最大の敗因は国民への知名度の低さ、そして支援団体への周知が不十分であったことだった。

参議院比例区（全国）では有権者は政党名でも候補者名でも投票することができるが、衆議院選の比例代表制と違って、当選順位は「個人名での得票数の多さ」で決まる。だから、知名度と組織力が大きくモノを言うのだ。

各地のさまざまな会合などに顔を出しても、そこで過ごすのはわずかな時間。名刺を配り、「よろしくお願いします」と握手して、次の場所へと渡り歩いていく。

秘書として選挙を戦った経験のある長谷はこう言ったのだ。

「ちょっと顔を出しておけばいいんですよ。数をこなすほうが重要です」

だが、ＳＡＮの仕事ばかりでなく、選挙も手伝ってくれていた若井はそれに異を唱えていた。

「もう少し、時間をかけて話したほうがいいと思いますけど」

しかし、参田は初めての選挙ということもあり、選挙に詳しいと豪語する長谷の言うことを信頼しきっていた。

――多くの場所に顔を出すのは大事だが、重点的なところへは、また戻ってきて懇親会などの席にも顔を出せばよかったのだ。

反省点ばかりが残った。

しかし、選挙がどういうものなのか少しはわかったような気がした。

まず、経費がかかる。短期間の選挙活動だったが、交通費、人件費、印刷費、選挙事務所家賃、選挙カーなどで数千万円は使った。

選挙が終わって三か月が経った頃、選挙コンサルタントの佐藤と久しぶりに再会した。その手には高価そうなバーキンのバッグがあった。

三百万円の手付金が頭に浮かんだ。あの金がそのバッグに姿を変えたことは間違いなさそうだった。

佐藤は、弁の立つ女性で話し方に説得力があった。

――選挙素人の自分はさぞや扱いやすかっただろうな。

参田は苦い思いで唇をかんだ。

§

落選後、参田は日常へ舞い戻った。ＳＡＮの社長として仕事に没頭しようとした。

だが、国政への挑戦を諦めてはいなかった。

仕事で取引先などを訪ねても、選挙の話題になった。

「次はどうするのですか？」

「時間が足りなすぎましたね」

「参田さんが立候補したことを知らない人が多かったようです」

こう声をかけられた。

選挙は終わったというのに、何となく自分が宙に浮いた感じがあり、仕事がなかなか手につかなかった。

落選を受け、参田は民友党の沢井のもとへ報告のために足を運んだ。

――せっかく応援してもらったのに……。

気が重かった。

議員会館の沢井の部屋をノックする。

沢井はあの鋭い眼光で参田を一瞥した。

「ケツまくるのか？」開口一番にそう言った。

「おまえさんを信じた人間も多い。選挙に出る出ないは参田さんの自由だけど、少なくとも自分が主張したことを実現する努力はしなければいけないよ」

参田は反射的に口にしていた。

「もう一度、挑戦するつもりです。不退転の決意で志を貫きます」


その頃、ＳＡＮの業績は以前の勢いを失っていた。

新興の大手メーカーが医用画像機器業界に参入してきたこともあり、ＳＡＮの売り上げは伸び悩んでいた。かつてのベンチャー精神を持つ社員も減ってきていた。

業界トップだったＳＡＮの技術に競合他社はあっという間に追いついてきた。だが、ＳＡＮではその後の開発は進まず、新製品開発も遅れていた。

――このままでは会社の成長は望めない。

参田はそう感じていた。

以前から、いくつかの会社にＭ＆Ａを打診されていた。

――とりあえず、話だけでも聞いてみるか……。

再び転機が訪れようとしていた。

やがて、参田は会社を売却することを決断した。

会社売却に際し、いくつかの候補企業があった。どの社も好意的で条件も悪くなかった。

だが、最終的に、現在いる社員全員を同待遇で引き取ってくれると確約してくれたC社への売却を決めた。真に診断に役立つ画像解析システムを開発し、現製品を広めていくという同社の考え方に共感できたこともその理由の一つだった。新しい画期的なアイデア製品を残して、参田は去った。

会社売却に際し、とくにベテラン社員は参田に対して不信感を募らせた。

会社のまとまりがなくなり、売り上げも伸び悩んでいた中で、社員のために好条件になるようにと進めた売却の話だった。だが、社員の中には「裏切られた」と思った人もいた。

参田自身の説明不足もあったが、自分の気持ちが伝わっていなかったことが残念だった。

会社を売却し、代表を降りたその日から、参田は周囲から「社長」ではなく、「参田さん」と呼ばれるようになった。

当然のことではあるが、正直、複雑な気持ちになった。

――ともかく、これで退路を断った。さあ、リベンジだ！

参田は政界への再チャレンジを決意した。

第五部

再起

二〇一四年八月――。

会社の売却益と貯金、これまで築き上げた財産を元に、参田は再び国政への挑戦を本格的にスタートさせた。

会社を手放し、仕事もなくし、もはや失うものは何もなかった。

ただ、若井だけはSANを辞めて参田についてきてくれた。経済的に迷惑をかけることになるのは目に見えているのに、秘書として政治活動をサポートしてくれるという。

次の第三十二回参議院議員通常選挙は二年後の二〇一六年五月に行われる。

――前回の反省を踏まえ、今度は万全の準備を整えた上で立候補する。まずは確固たる支援団体を持つことだ。

そう考えた参田は、支援団体はやはり長く自分が加入していた全日本診療放射線技師会に頼むことにした。

実は、会社を売却した理由の一つに、全日本診療放射線技師会から、もし再び立候補するのであれば、決断の意志を示す意味から会社の社長を辞めるように勧められたこともあった。会社の社長であることが票に影響すると懸念されたのだ。

全日本診療放射線技師会には、「会社を売却し、全財産を投げ打って選挙に出たい」

との決意を伝えた。

「いまの診療放射線技師を取り巻く課題について一つでも多くを解決するには、技師会の代表者が国政に進出することがぜひとも必要です」

そう主張し、自ら立候補して理事となった。

こうして、今回の選挙では、全日本診療放射線技師会が支援団体として全面的にバックアップしてくれることになった。

次に目指すのは党の公認候補となることだった。

まずは、前回の選挙のお詫びとお礼を兼ねて、党の役員へ挨拶回りに行くところから始めた。

そこで「次回の参議院選挙にも挑戦したい」と話すと、獲得票数の予想などの資料を提出するよう言われた。その資料を持って、数回の面談を行った。

前回の選挙では、党の役員や好意的な代議士など三か月にわたって、毎週誰かと面談し、厳しいことを言われ続けた。

だが、二回目の今回は、ある程度の実績が認められたのだろう。党の役員との面接は免除された。

党への決意表明を終え、あとは公認候補を目指して準備をすることが最優先事項だった。

§

誰が言い出したか、かつて衆議院選挙が中選挙区だった時代には「五当四落」という言葉がまことしやかに語られていた。

選挙に五億円かければ当選、四億円なら落選という意味だ。

もともと、受験について「四当五落」という言葉があった。四時間の睡眠なら合格するが、五時間も寝ていては合格できないという、これをもじったのだろう。

この言葉を真に受けたわけではないが、参田はやはり選挙に金はかかると思うようになった。

民友党の選挙責任者へ「次の参院選にも立候補する」ということを伝えるための面談の席で、参田はこう質問された。

「資金は大丈夫ですか？　党として援助金は出せないかもしれないが大丈夫ですか？」

そこに同席していた中下代議士は、先回りしてこう言い放った。

「彼は会社の社長でたっぷり資金はあるので、党からの援助は必要ありませんよ」

「いや、違う……」という言葉が喉元まで出たが、参田はかろうじて抑えた。

――もし、ここで「資金はありません」などと答えたら見捨てられる。党の公認なんか絶対にもらえないだろう。

瞬時にそう判断したのだった。

この後も、周囲の人からよく聞かれた。

「お金は？」「資金は続くのか？」

当初はこのように、資金が続くのかを心配する声が多かった。ところが、会社を売却したことが公になると、潤沢な資金を持っていると勘違いされた。

「お金持ちなんですね」「数十億で会社を売ったとか」などとあちこちで言われた。そのつど否定したが、人の口に戸は立てられない。噂はどこまでも広がった。

現実には売却価格は噂よりも極端に低かった。それでも多少なりともお金を持つと、いろいろな人間が寄ってくる。これは参田が会社を立ち上げ、軌道に乗り始めたときも経験したことだった。

会社を売却して立候補する話が広まるにつれ、今回も選挙プランナー、選挙コンサルタント、自称選挙のプロ、元議員秘書など、いろいろと怪しげな人間たちから次々とコンタクトがあった。彼らは「必ず当選させます」と近づいてきた。

中には「応援する。俺がつけば大丈夫だ」と言って政治献金を要求してきた都議もいた。しかも、この都議は参田を応援するどころか、同じく比例で立っていたタレント候補の応援に回った。

向こうから近寄ってくる人間は大抵、カネ目当てだった。

話には聞いていたが、いわゆる選挙ゴロというのが確かにいることがよくわかった。選挙は良くも悪くも大金が動く。そのにおいを嗅ぎつけて群がってくる強欲な魑魅魍魎がたくさんいる。誘蛾灯に引き寄せられる蛾のように。

§

党の公認が出るまでは、支援団体や支援企業の会合やイベントがあれば出席を申し込み、承諾であれば出席し、名刺を渡すという活動を繰り返した。時には、壇上で挨拶をさせてもらえることもあった。

数をこなすばかりで有効な活動なのかどうか疑わしかったが、地道に足を運ぶしかないと考えた。

とくに、全日本診療放射線技師会の支部の会合にはできるだけこまめに顔を出した。ブロック大会などがあると知れば、全国どこへでも飛んでいった。

この頃、参田があちこちで訴えていたことの一つに、診療放射線技師の「読影補助業務」についてがあった。

二〇一〇年に厚生労働省医政局長から、診療放射線技師の業務範囲として「画像診断における読影の補助を行うこと」との通知が出されたが、それ以降、医療現場では遅々として進んでいなかった。

参田は多くの会合に出席しては熱弁を繰り返した。

「医療現場では放射線科医が疲弊している。診療放射線技師は、医師の望む画像を作成するためにも、読影のサポートができるくらいの力をつける必要がある」

「診療放射線技師は、自分が撮影した症例の一次読影の勉強をする意味からもリポートを作成したほうがいい。もちろん、放射線科医とのダブルチェックは必須だし、リポートに不備があれば医師から指導を受ける体制をつくる。それは医師の望む画像提供につながるのだ」

「将来的には、診療放射線技師の読影補助業務に対して診療報酬で評価されるくらいになれば、技師の仕事の質の更なる向上につながる」

肯定的な意見が多かったが、ある会合では耳を疑うような反発もあった。

「技師にとってよけいな仕事が増えるのは困る」

というものだった。

またあるときは、同じことを医師もいる会合で訴えた。

中には「診療放射線技師が読影の知識を持っていると、医師の求める画像を作ってもらえる」との意見もあったが、「読影は医師の仕事だ。技師の出る幕ではない」と露骨に言われることもあった。

これが相も変わらず医療現場の現実だった。

——俺は一人相撲を取っているだけなのか？

参田は、まるで自分が巨大な風車に向かっていくドン・キホーテになったような気がした。

§

二〇一四年。参田は、民友党の地方振興広島支部長に就任した。

地方振興支部というのは、要するに民友党の政党支部である。

参田は、約一千万円を投じて広島の土地に事務所を建てた。

地方振興支部の支部長になるということは、民友党から出馬する候補者にとって大きなメリットになる。

それはこういうことだ。

党の公認を得るまでは、候補者は「民友党公認の参田」とは名乗ることはできない。だが、地方振興支部に属していれば民友党で働いているわけであり、党員でもある。だから、「民友党の参田です」と自己紹介できるし、ホームページやフェイスブックなどにも公にそう書けるのだ。

地方振興支部の支部長だと、選挙活動や集票の面で強力な味方になる新規党員を集めることができる。

党員同士であれば気軽に会って情報交換や相談をすることもできるし、大義名分が立つので、囲む会などの会合などにも呼びやすい。

参田は二千人の新規党員を獲得した。代議士でも少ない人では平均千人だという。そう考えると、これは相当の数だといえる。

さらに同年、参田は全日本診療放射線技師連合会の副理事長に就任した。これも選挙への布石だった。

全日本診療放射線技師連合会というのは、診療放射線技師の地位向上と職域拡大を目指して発足した団体だ。全日本診療放射線技師会などの職能団体と連携して政策提言などを行う。同技師会よりも政治色が強い。

そして、二〇一四年十月――。

民友党に全日本診療放射線連合会と政界のパイプをつくるべく「診療放射線技師制度に関する議員懇話会」を設立するために動いた。閣僚経験者である民友党の重鎮が会長や最高顧問に就くなど、錚々たるメンバーが名を連ねた。これは要するに民友党と全日本診療放射線技師連合会とが定期的に会合をもつ場である。

その設立総会で、連合会は、「診療放射線技師法の抜本的改正」「がん対策への診療放射線技師の活用」「チーム医療推進のための診療放射線技師の活用」の三つを中心に、八項目の要望を国政に対して発信していくとした。

だが、懇話会設立にはもう一つの理由があった。

民友党のある重鎮から参田はこう教えられた。

「議員懇話会を作るのは参田さんを選挙で通すためでもあるんだ」

また、こうも言われた。

「議員懇話会の総意として、通したい法律などについて全日本診療放射線技師会や技師の人たちに訴えなさい。すでにあなたが業界のために実際に動いているということも診療放射線技師の仲間に伝えなさい」と。

それに、民友党の議員懇話会という場があれば、その会合に厚労省の担当議員、その他さまざまな団体の代表など有力者を呼んで顔をつなぐことができる。そして、医療の問題や診療放射線技師が置かれた状況、政策などを訴えることも可能になるのだ。

これは、たとえば厚労省の事務方一人と会って話すのとはわけが違う。事務方に頼んでも伝言ゲームになり、大臣、副大臣に本意は伝わらない。ひどい場合には事務方で話がストップしてしまうことさえあるかもしれないからだ。

こうした地道な活動が功を奏したのだろうか。

二〇一五年五月。民友党の沢井ほか、同じく党の重鎮である海野文彦、広島に地盤を置く吉村秀雄の三人の推薦で、参田は二次公認を得ることができた。

公認候補の発表の際、また総理から声をかけられた。

今度は「レントゲン技師の参田さん」と言われた。

レントゲン技師という職種名はない。

――また違うんだけど……。いつになったら、覚えてもらえるんだろう？

だが、「私は診療放射線技師です！」などと総理に言えるわけがない。

――前回の「検査技師」から、少しは認識が進んだみたいだから良しとするか……。

それはともかくとして、前回公認を得られたのは投開票二か月前とぎりぎりだったが、今回は一年前に公認候補となることができた。

――今度こそ。

参田の中で当選への希望が大きくふくらんだ。

公認が取れてまもなくのことだった。前回の選挙を手伝ってくれた長谷が事務所に入りたいと志願してきた。

あまりにもタイミングが良すぎると思ったが、深く考えることもなく秘書として手伝ってもらうことにした。

ここで潮目が大きく変わったことに参田は気づいていなかった。

§

この頃、参田は民友党の重鎮・沢井とできるだけ頻繁に会うようにしていた。彼は参田が議員になることを望んでくれていた。

沢井には選挙で票を獲得するためのさまざまなアドバイスをもらった。

ある日、沢井は参田にこう問いかけた。

「参田さんは何がしたいのか？　何をするために政治家を目指すのか？　そこをはっきりさせなさい。そして、有権者に『この人は何をしてくれるのか？』『この人が国会議員になったらこんないいことがある』ということをしっかりと伝えなければならない。自分にメリットをもたらしてくれると思えなければ、絶対に人は動かない。握手した数以上には票は取れない」

説得力のある言葉だった。

参田は自分の思いをしっかりと言語化しなければならないと思った。

――俺は何をしたいのか？

その夜、参田は自分と素直に向き合って頭を整理し、翌朝、沢井へメールを送信した。

〈沢井先生、昨日はご面談ありがとうございました。

あれから先生に言われたことを真剣に考えました。そして、私なりの結論を得ました。

私は次の二点をどうしても実現させたいと思っています。

①進化する医療を迅速に正しく患者さんや国民の健康に役立てる

②病気になっても短期間で社会復帰できる国民を激増させる

名目だけではなく、これを正しく実現させるためには、医療の進化とともに医療現場が望む環境整備と医療スタッフの教育が重要です。私は、現場の意見を正しく理解し、そのときどきに定められた医療の法律や規制が医療進化のスピードに遅れない仕組みをつくりたい。

これが実現できれば、病気の早期発見・早期治療にもつながり、病気になっても社会復帰できる国民が増えることが期待できますし、医療費削減にもなります。

私が政治家になる目的はここにあります〉

沢井からは「頑張りなさい」という旨の激励メールが返ってきた。

さらに参田は返信する。

〈私にあるのはこれまでの実績、信頼、人脈、そして私なりのものの見方や発想だけです。目標達成のためにこれからも頑張ります〉

自分の頭を整理できたことで、参田の思いはますます強くなっていった。

半月後、さらに自分の目指す医療改革の概要について、沢井へ封書を出した。長くなりそうなので、メールでは失礼だと思ったからだ。

〈先日の面談で先生から言われたことをさらに深く考えてみました。

私の政治家になる目的は、一言で言うと、医療現場の規制や法律も含めた環境整備をして、ＣＴやＭＲＩ、超音波検査などの画像診断を正しく使い、がんをはじめとする病が完治する医療環境を実現することです。

決して夢物語を言っているのではありません。いま日本が保有するシステムや技術を正しく反映した法律や規制をつくることが先決です。劇的に進歩している医療技術の恩恵とその危険性を正しく理解して、優先順位や特例を迅速に決めていく必要があります。現場の状況を理解していない時代遅れの法律や規制は変えなければなりません〉

投函したあとで、参田は「重要ポストを歴任した方に対して、生意気なことを言いすぎただろうか」と少し後悔した。だが、自分は本気でそう思っているし、その実現のために政界とのパイプ役になろうとしているのだからと開き直った。

§

二〇一五年末――。

東京都内のホテルで「参田衆三を囲む会」が開催された。

いわゆる「囲む会」は顔と名前を売り、政策などをアピールする絶好の機会だ。

この日、参田は医療関係者や一般の人など二百～三百人の前で講演を行った。

テーマは「健診の問題点について」である。

「ここ数年、CTをはじめ放射線を使った検査による患者さんの医療被ばくの問題が新聞などで取り沙汰されています」と口火を切った。

出席していた医療関係者には何の話かは想像がついた。

だが、一般の人は最初ぽかんとした顔をしていた。この辺は織り込み済みだった。

「少し専門的な話になりますが、いま医療の現場ではこういうことが問題になっています。

健診は健康な人であることを前提で行っているため、X線などの線量を抑えたりすることも多い。問診を十分に行い、がん年齢や性別などにより撮影方法を決めるべきです。誰でも同じ条件で撮影すると、病気を見落とすことになるかもしれない。これを改善するには立法するしかないのです」

会場の空気が少し変わったことを感じた。話に興味を惹かれた人が明らかに増えている。

参田はさらに続ける。

「その結果、運の悪かった方はがんの早期発見ができず、本人や家族にとって最悪の事態になることが少なくありません。去年の検診では『異常なし』だったのに、今年になって発見されたときはすでに進行して手遅れだったというケースがよくあるのです。なぜこういうことが起こるのでしょう？」

参田は、一呼吸置いて出席者に問うように話しかけた。

「それは、ＣＴなど画像検査の撮影条件や方法に法的な決まりがなく、病院によってまちまちだからです。こうした現実を打破するために、画像検査の撮影条件を法律で決めなければなりません。私は、誰もが平等に、ある一定レベルまでの検査を受けられる環境をつくりたいと考えています」

そういって話を締めくくると、参田は来客者に発言を促した。

「健康診断で異常が見つからず、発見されたときには手遅れだったということを体験されたり、お知り合いの方などからお聞きになったりしたことはありませんか？」

一人の女性が挙手して話し始めた。

「実は、私の父なんですが、昨年の健康診断で異常なしと言われていました。ところが、それから半年後に胃の不快感があって病院を受診したところ、胃がんと診断されました。さらに精密検査をすると、末期胃がんで、がんが骨に転移していたのです。父はその数か月後に亡くなりました」

その女性は涙ながらに語った後、参田へ向かってこう言った。

「こういう思いをする患者や家族が一人でも少なくなるように願っています。参田さん、ぜひ国政の場へ行って、こうした健康診断のあり方が変わるように力を尽くしてください。お願いします」

参田にはこの女性の気持ちが痛いほどわかった。

というのも、前回の選挙の際に、広島で選挙カーを誘導してくれた親戚が、選挙終了後しばらくして末期のすい臓がんで六十代で亡くなったからだ。

前年から腰の痛みを訴えていたものの、健康診断では異常所見は見つからず、その後の検査で末期すい臓がんと診断された。腹部大動脈をがんが取り巻いている状況で、すでに手遅れだった。

参田もこれまで何度となくこうした苦い経験をしてきたのだ。

§

前回の選挙に引き続き、地元の先輩である仁科とかつての同期・千同が選挙活動を手伝ってくれた。

千同は地元でビラを配っては、参田を強烈に後押しした。あるとき、派手にやりすぎて上司に呼び出された。

「おまえは公務員なんだから、いいかげんにしろ。そういう活動をするなら病院を辞めてからやれ」と釘を刺され、クビになりそうになったという。

その話を電話で聞き、「相変わらずバカだな、おまえは」と憎まれ口をたたいたが、心の中では千同の友情に感謝し、涙した。

選挙運動で広島入りした参田は、ある夜、千同を呼び出して一献傾けることにした。気の置けない旧来の友人だ。久しぶりに会っても、変わらずバカ話をできるのが嬉しかった。選挙の疲れが吹き飛んだ。

だが、すっかり選挙モードになっている参田はつい、いつも訴えている「医療の不平等」について持論をぶちまけた。

「手術の順番待ちで命を失ったり後遺症が残ったりするのを防ぐために、病院単位ではなく一定の規模の地区全体で病気を一元管理すればいいかもしれないね。その地区に手術を急ぐ患者がこれだけいるということを把握できれば、病院側も対応の優先順位を明確にすることができるんじゃないかな。

全部は無理でも三割くらいの患者については、その地区全体で余裕をもたせて空けておく。そのためには患者データを外部に出してクラウドに保存する必要がある。各病院はクラウドのデータをチェックして緊急度に応じて急患を受け入れるようにするというのも一案だよね」

突然の真剣モードに面食らったが、千同はしばらく耳を傾けたあとで口を挟んだ。

「でも、患者の個人情報の問題があるんじゃないの?」

「そう、それが医療において問題になっている。日本でＡＩの活用が遅れている理由の一つだよね。ＡＩシステムを介した医療情報の受け渡しが個人情報の流出につながると思われているからね」

「今年改正された個人情報保護法で、医療機関の個人データの保管や第三者への情報提供について厳しくなったよね」

「患者情報については個人情報保護法とは別のルールを適用すべきだよ。ただし、患者を特定できないシステムにして、情報を見ることができるのは医療従事者のみと厳重に制限する必要はあるけどね」

「医学の研究の遅れも患者情報の保護がネックになっていると聞いたことがあるけど？」

別の角度から切り込んできた。千同もなかなかよく知っている。

「日本の研究が遅れているのはそのせいだ。アメリカは違う。日本は患者の個人データを使った研究ができないから、海外データで研究をする。それじゃ、日本人に合った治療なんか開発できるはずがないだろ。絶対に変えていかなければいけないんだ」

千同は、参田の顔を不思議そうに眺めている。

「それにしても、おまえ、変わったよな。昔からこんなに熱かったっけ？」

「え？　俺、そんなに変わったか？」

「ああ、まるで政治家みたいだ」と千同はからかった。

「本物の政治家になって医療界を変えていきたいんだ」

千同は参田の真剣な思いに驚きを隠せなかった。

§

「家族に迷惑をかけることになる」

民友党の沢井に言われた言葉が現実になるとは、想像もしていなかった。

参田は、一回目の選挙前に年下の妻と再婚していた。

そして、今回の参議院選は長男の幼稚園受験と重なった。受験は一〇〇パーセント妻に任せた。

そのストレスもあったのだろう。

ある日、妻は体調を崩し、近くの病院を受診した。子宮がんの疑いがあり、精密検査を受けた。結果は幸いがんではなく、血腫だった。

――精神的にきつかったのだろうか……。

その後、妻が二人目の子どもを身ごもっていることがわかった。つわりがひどく、新幹線や飛行機などにも乗れない状況だった。

だから、参田の支援者のもとを回るなど選挙活動の手伝いもままならなかった。もちろん参田も承知の上だった。妻に無理を強いるわけにはいかなかった。

だが、そのことに対して周囲からの妬みや心ない非難が相次いだ。

「奥さんは表に出て手伝おうとしない」

「いまだに社長夫人のつもりか?」

「選挙を知らなさすぎる」

実際には、妻は支援者などにメールを送るなど、表舞台には立てないものの、自分のできる範囲で参田を手伝っていた。

ある夜、参田は出張先から自宅へ電話を入れた。妻が心配だった。もう夜遅いのに、電話にはなぜか三歳の長男が出た。

まだ起きていたのか? 不安になった。

息子は、連絡を待ちかねていたかのように訴えた。

「お母さんがお風呂で震えながら泣いてる!」

父親を責めるような口調だった。

彼自身も泣いていた。息子は涙声で、

「お母さん、大丈夫だから、大丈夫だから」

と健気に母親をなぐさめていた。

まだ三歳の子どもが、だ。

参田は、このときの息子の声を生涯忘れることはないだろうと思った。

実は、妻を中傷する根も葉もない噂を流していたのは、なんと秘書の長谷だった。長谷は、後援会会長や支援団体の会長、スタッフなどに、参田や妻の悪口をさんざん言っていたらしい。

それだけではない。

あろうことか、妻の姉に「寂しいから彼女になってくれ」とLINE《ライン》をしていたというのだ。そうしたことも妻を追い詰めた。

そこへ、経済的に不安定な状況が重なる。安定のなくなった生活に不安を感じ、苛立ち、腹立たしい思いを抱えていた。

高まる不満をぶつける相手は当然、参田しかいなかった。

参田は参田で、選挙活動が思うように進まない苛立ちから爆発し、妻に当たってしまうこともあった。互いを思いやることができず、不毛な諍いが始まることもしばしばだった。

――選挙にかかりきりで、家庭を顧みる暇もない自分をさぞ恨んでいるだろう。きっと、俺に立候補などしてほしくなかったのだろうな。

だが、このとき参田は全く知らなかった。

妻は、体調が良くない中、時間をみつけては何度も明治神宮へお参りに行き、参田の当選を必死で祈願していたのだった。

§

今回の選挙で参田を強力に推してくれた一人が民友党の吉村だった。参田にとっては雲の上の人だった。地元が同じ広島ということもあって応援してくれたのだろう。

選挙も近づいてきたある日、吉村のパーティに招かれた。

——何だか、ドラマの中の世界みたいだな。

参田はどきどきしながら、会場であるホテルへ向かった。

会場に着いて驚いた。参田の席は吉村の隣で、そのテーブルには民友党の重鎮ばかりが顔を揃えていた。そこは紛れもない主賓席だった。

周囲はみな、ニュースや国会中継などでしか見たことのない面々だ。参田はがちがちに緊張した。足ががくがくと震えた。

時間の経過とともに少しずつこの状況に慣れてきた。民友党のメンバーとの雑談に花が咲く。

「どういう仕事をしていたの？」「議員になって何をしたいの？」などと質問された。そんな場にいることが幸せだった。

吉村は参田に向かって言った。

「参田さんは発想や考え方がユニークで面白い。こういう人も政界には必要だ。でも参田さん、自分の時間はなくなるよ。確固たる信念と覚悟が要るよ」

世間では過労死などに注目が集まっているが、政治家は公休もなく朝から夜遅くまでスケジュールが埋まっている人が大半である。国民のためにという志と信念がなければ務まらない。過労死する政治家がいても不思議ではない。

——俺にそれだけの強い意志があるだろうか？

参田は自分に問いかけた。

——本気でこの国の医療を変えたい！

参田は決意を新たにした。

現実に戻る。

ふと顔を上げると、吉村の妻の姿が目に入った。一度だけ面識はあった。彼女は「参田さん」とにこやかに近づいてきた。

参田は驚いた。自分の名前を覚えていてくれたからだ。

それにしても……と参田はつくづく思う。

——いい政治家の奥さんはみんな気配り上手で素敵な女性ばかりだな。

吉村の妻は去り際に、猫背気味の参田の肩を軽く叩きながらこう言った。

「ほら、もっと胸を張って堂々として！」

二〇一六年四月二十六日、第二十二回参議院議員選挙が公示された。投開票は五月十五日である。選挙期間は二十日間弱。

いよいよ戦いが始まる。

公示日を過ぎた頃から、参田の体は常にアドレナリンが出ているような感じになっていた。普段は自分を抑えている脳のリミッターがはずれ、いつも興奮状態に陥っていた。夜になっても眠れないし、時間の感覚もなくなっていた。

気がつくと、投開票日が目前に迫っていた。

§

二〇一六年五月十三日。投開票の二日前である。

東京・浜松町の駅前には四百人を超える聴衆が集まっていた。

選挙カーの上では参田が数本のマイクをまとめて握り、手を振っている。

この日は最後の街頭演説だった。

聴衆は自然発生的に集まってきたわけではない。全日本診療放射線技師会や後援会や党員などに連絡して集めてもらった人々だった。

「健康診断で異常なしと言われたのに、その後がんが発見されて手遅れになったお知り合いはいませんか?」

「皆さんは知らないかもしれませんが、CTは撮り方によっては発見できるはずの病気も見えないんです。病気がわかるような撮り方を法律で定めるべきです!」

「日本は世界一CTを持っている国です。でも、その画像をチェックする放射線科医の数は先進二十か国の中で最下位です。最先端医療が最大限に活用されていないんです！」

参田は、ただただ持論を繰り返した。難しい話は、わかりやすく説明するよう心がけた。最初のうちは耳を傾けてくれる通行人も少なくなかった。

だが、人が増えていくにつれ、駅前は過剰な群集心理に覆われていく。

時に突発的な拍手が沸き起こる。

どこからか「頑張れよ！」という声もかかった。

聴衆は、そこで演説をしているのが誰かも知らないのだろう。その場のノリで歓声を上げているにすぎなかった。

そこに、「うるせえ！　静かにしろ！」という怒号も交じる。

浜松町駅前は、もはや修羅場と化していた。

こうなってしまうと、あとはワンフレーズを繰り返すしかない。

「この国の医療を変えたい！」

「助かる命を助けたい！」

それ以上くどくどと話しても嫌がられるだけだと思った。

そのとき、同じ民友党の比例区から出ているタレント候補の乗った選挙カーが駅前をたまたま通りかかった。

すると、さっきまで参田の話に耳を傾けていたはずの人たちは、潮が引くようにそちらへと一気に流れていった。

――おいおい、ちょっと待って！　みんな、どこへ行っちゃうんだよ。

すでに、参田に関心を示す人はいない。もう演説などしている場合ではなかった。

知名度のない人間は、あとは名前を覚えてもらうしかない。

「参田衆三、参田衆三をよろしくお願いします！」

参田は、壊れた古いレコードのように、ただ自分の名前を連呼し続けていた。

§

二〇一六年五月十五日――。

いよいよ投開票日の朝が来た。

近所の神社でお参りを済ませた参田は、神田にある選挙事務所へと向かった。

事前の当落予想では、かなりいい戦いが期待できるということだった。

事務所には、二年以上の長丁場をともに戦ってくれたスタッフや支援者、友人たちが大集結していた。拍手で迎えられた。誰彼となく握手をする。

仲間の顔を見て、長かった選挙戦を思い出し、参田は鼻の奥がツンとした。

そこには、選挙特有の高揚した雰囲気が充満していた。

参田も、自分の脳からアドレナリンが噴出してくるのを感じた。

だが、一つ気になることがあった。

一昨日あたりまでは新聞社などマスコミからの問い合わせ電話や取材申し込みが事務所へ舞い込んできていたが、昨日になって風が突然凪いだように、全く音沙汰がなくなっていた。

参田は一抹の不安を振り払うように、選挙事務所の中央に陣取った。

長い一日が始まった。

刻々と変わる状況を報告するため、スタッフや応援ボランティアなどが入れ代わり立ち代わり訪れた。

気が遠くなるほどの待ちの一日だった。

開票は夜遅くまでなだれこんだ。

そして、残りは最後の一議席となった。

その頃、出張で東京へ来ていた仁科は、ビジネスホテルのテレビで固唾をのみながら開票速報を見守っていた。なかなか当確が打たれない。じれったかった。不安がどんどん成長していく。

広島の千同はこの日、当直だった。病院近くのカフェでスマホを握りしめていた。ニュース専門チャンネルを見ている。「参田、行けーっ！」と無意識に大声を出し、カフェの従業員に「静かにしてください！」と注意された。

最後の一議席をめぐって、数人の候補者がデッドヒートを繰り広げていた。それぞれの獲得票数が刻々と上積みされていく。

そして、深夜〇時――。

ついに結果が出た。

元衆議院議員の候補者に当確が打たれた。今回も参田は届かなかった。

参田の獲得票数は五万七千七百三十一票。
二度目の落選だった。

その瞬間、参田は言いようのない虚脱感に襲われた。
支援者が無言で肩を叩いていく。
選挙事務所はまるでお通夜の席のようだった。
どのくらいの時間が経っただろう。
ようやく我に返った参田は、最後の力を振り絞って挨拶に立った。
「皆さん、これほど懸命に応援していただいたのに、力及ばず申し訳ありません……」
それ以上、言葉にならなかった。
ただ深々と頭を下げた。

深夜三時。参田は東京駅近くのビジネスホテルに帰り着いた。
独りになると、無念さはますます募った。
ショックだった。落選という事実を受け止められないでいた。

まんじりともしないまま夜明けを迎えた。

悔しさに輪をかけたのは、同じ民友党から出た医療に携わっている候補者の中で当選できなかったのは自分だけだったことだ。

落選後は、潮が引くように人が去っていった。

——なぜ負けたのだろう……？

参田は選挙戦を振り返った。

負けた原因を整理できたのはしばらく経ってからだった。

大きな原因は、選挙に対する自分の責任感不足。ビジネスと同様に選挙も、自ら自分の考えや戦略を言葉にし、秘書を含めたチームの仲間と共有してともに動くべきであった。会社の社長と同じく、いつも最高責任者として責任を忘れず、自分の考えをチームの仲間に伝えていく努力をしなければならないのに、それが不足していた。

それともう一つ。最大の敵は内部にいた。秘書の長谷だった。それを選挙中は見て見ぬふりをした。

秘書の長谷は選挙後すぐに就職活動を始めた。そして、参田の後援会長や好意的だった代議士などに就職の相談を行い、早々と転職先を見つけた。

事務所の後処理などはせず、一週間も経たないうちに連絡も取れなくなった。

あとになって選挙中の長谷の動きがいろいろと耳に入ってきた。彼は、支援団体や企業、支援者たちに「自分は参田から一切給与をもらっておらず、自分の貯金を崩して他のスタッフに給料を払っている」と言っていたらしい。

実際は事務所でいちばんの高給取りだった。

それだけではない。

「参田候補は女癖が悪く、事務所の女性スタッフとできている」などと嘘八百を吹聴して回っていた。

ある時期から、支援団体や後援会の役員などの自分に対する態度があからさまにおかしくなっていた。それもすべて長谷が嘘を言い続けていたからだった。

元閣僚から紹介されたもう一人の秘書も似たり寄ったりだった。

——信じた俺が悪いのだが……。

民友党のある都議に言われた言葉も、参田の自己嫌悪をあおった。

「政治家の秘書にプロなんかまずいない。参田さんは起業家だったんでしょう。民友党は企業経営者だった参田さんに期待していたんだと思う。ところが、あなたは政治の自称プロとか秘書の操り人形だった。それも敗因だと思う。むしろ、本当に信頼できる秘書を会社から連れてくるべきだったね。参田さんが雇った秘書は、あなたのお金でお祭り騒ぎがしたかっただけでしょうよ」

後悔ばかりがわいてきた。

思い返してみれば、民友党の政治家たちは「選挙に勝つために必要なら、行くから呼んでくれ」と言ってくれていた。

だが、長谷に「あんな偉い人たちを気軽に呼んではいけない」と言われ、そんなものかと遠慮してしまった。

実は首相からは一度目の出馬前に挙げた結婚式の際にビデオレターをもらっていた。すぐにお礼の挨拶に行くべきだと思い、長谷に面談のアポイントを取るよう頼んだが、数か月待っても連絡はなかった。その理由はあとでわかった。長谷はそもそもアポイントの依頼をしていなかったのだ。

このときの比例区候補者二十五人中、首相のもとへ挨拶に行かなかったのは参田だけだったと聞く。

――完全な戦略ミスだった。それも多くの。しかも二度も。

己の責任感不足から人に騙され、戦略を間違えて落選した自分の無能さが腹立たしかった。何よりも、支えてくれた人たちに申し訳なかった。

落選後は周囲からいろいろなことを言われた。「気の毒だね」「いい人なんだけどね。いい人だから政治家になれるとは限らないんだね」。

一つひとつの言葉がぐさりと胸に刺さった。

それに、この選挙で会社を売却したお金はほぼ全部なくなった。資産も使い果たし、人を信じられなくなり、先も見えない。

――いっそ切腹したい。自殺したら楽になれるか……。

一瞬、そんなことも頭をよぎった。

だが、若井をはじめ周囲の励ましもあり、ぎりぎりのところで踏みとどまった。そして、時間が経つにつれ、少しずつ落選のショックから立ち直っていった。

――考えてみれば、五万七千七百三十一人もの人が俺を支持してくれたんだよな。これはマツダスタジアムの広島―巨人戦の満員の観客数よりもはるかに多い人数じゃないか。

§

「今回も残念だったな」

「仁科先輩、今回も大変お世話になりました。それなのに俺の力不足で、ほんと申し訳ありません」

東京・浜松町のバー「三石」。

参田は、広島から上京した仁科と残念会と称してグラスを傾けていた。

しばらく選挙の裏話などで盛り上がったが、やがて話題は例によって医療被ばくの話へと移っていた。

東日本大震災時の福島第一原発事故以来、放射線への人々の不安と関心は一気に高まった。

そして、最近では医療被ばくの問題も盛んに議論されるようになっている。

たとえば、被ばくが大きい心臓カテーテル治療では、被ばく線量は二グレイが目安となっている。

仁科が問題の本質に鋭く切り込んだ。

「機器の進歩で、ＣＴ検査一回あたりの被ばく線量は以前より大きく減っている。だがＣＴ装置が高速かつ広範囲を撮れるようになったため、以前よりも多くの撮影をするようになった。それで結局、被ばく線量が増えてしまう」

「それに」と参田が付け加える。

「昔は患者ごとに体圧を測り、線量を決めてきました。でも最近はコンピュータが、線量が高すぎて画像が悪くなるのを防ぐ自動処理をしてくれるから、検査では多めの線量を設定してしまうことも少なくないようです。そのため、かえって被ばく量が増えてしまうという皮肉なことも起こっている」

「普通の人はそこまで詳しいことはわからないけど、少なくとも医療被ばくの問題がメディアなどで取り上げられるようになったのは悪いことではないよな」

「ええ、それはいいことなんですけど、今度はそれを逆手にとって、低線量の大雑把な画像で検査を済ませて、数をこなして儲けようとする健診なんてあってほしくないですけどね」

「それにしてもな」と仁科は虚空を見つめながら嘆息した。

「何です？」

「被ばくに限らず、この国の医療現場の現実は患者や一般の人にはわからないことも多いんだろうな」

「一部の人間にとって不都合な真実ですからね。見えないほうがいいんです」

「アーチファクトみたいなものか」

「それも誰かが確信犯的に作ったアーチファクトだから始末が悪い」

「全くだ。どう考えても異常だよな」

「まずはそのアーチファクトを取り払って国民に医療の現実を知らせる必要がある。その向こう側に新しい医療のかたちが見えるはずです」

「そういや、アーチファクトを取るのはおまえの得意技だったな」

「それが改革の第一歩です。俺は国民に現実を直視してほしい。次はそう訴えようと思ってます」

力説する参田を、仁科は驚いたようにまじまじと見つめた。

「おい、おまえ、まさか……また立候補するつもりか？」

「目標を実現するためには政治家になる必要があります。でも資金も必要なので医療ビジネスも頑張ります」

仁科は参田の肩をたたいた。

§

——しばらくは選挙もないだろう。まずは仕事をどうするかだ。

目の前には現実的な問題が立ちはだかっていた。

落選後、手元の資金も底をついてしまっていた。これからどうやって生活していくかを早急に考えなければならなかった。

以前から、考えていたことがあった。新たな事業を立ち上げることだった。

もちろん、医療に関するさまざまなソフトウェアの開発・販売を中心に行う会社だ。

——俺にできるのは医療のシステムを作ることだけだ。しばらくは事業のことだけを考えよう。

そう思った矢先だった。

民友党を離党して新たな国政新党づくりを模索している政治団体「国際デモクラシーの会」の代表・高峰茂男からコンタクトがあった。

「新しく政治塾を開講するのでぜひ入塾を検討してほしい」と誘われた。

参田には「民友党でなければ」との思いが強かったので、きっぱり断った。

人生というのは、動くときは一気に動くものである。

その翌週のことだ。

今度はヘッドハンティング会社から電話が入った。

医療機器メーカーA社の主任として来てくれないかという話だった。

ヘッドハンティングされるのは生まれて初めてのことだ。正直、嬉しかった。面接を受けることにした。

ヘッドハンティング会社の担当者は業界のことをあまり知らないようだった。参田は自分の経歴などを説明した。すぐにA社から「直接交渉したい」と連絡が入った。

A社の社長と面談したところ、新しい部署を立ち上げるのでその責任者として来てほしいとのことだった。

その後、アジア代表との電話会議を行い、あとは選考結果を待つだけとなった。

その数日後のことだ。突然、永田町方面から衆議院解散の噂が出た。回復した支持率を背景に、「首相が伝家の宝刀を抜く」というのである。

そして、二〇一七年六月二十九日に招集された臨時国会の冒頭で、首相は衆議院を解散する意向を表明した。

政治家の口利き問題について審議するために召集を求めていた臨時国会で、質疑もないままに解散したことに対して、野党は一斉に反発した。大義なき身勝手解散との批判もあった。

だが、大義があろうとなかろうと、首相が解散と言えば解散である。

参田は「選挙だ！」と気合を入れた。

こうして突然、総選挙がやって来た。

第五十一回衆議院総選挙。七月十一日公示、二十三日投開票。

――よし、出るぞ！

参田は即決した。

準備期間はほとんどない。だが、それはすべての候補者にとっても同じだった。

――三度目の正直だ。

が、すぐに不安にかられた。

――二度あることは三度あるという言葉もあるしな……。

もはや、考えることはやめにした。

あまりに突然の解散だったため、国際デモクラシーの会は準備不足での結党となった。また、党首の失言などもあり、かつての勢いはなくなっていた。

――やっぱり民友党を信じてよかった。

A社からのヘッドハンティングはポジションも待遇も申し分ない話だったので残念な気持ちもあったが、参田は流した。

もちろん、小選挙区で勝ち目はない。というか、公認をもらえる所がない。比例代表で出馬だ。

衆議院比例代表選挙は全国を十一のブロックに分け、合計で百八十人の議員を選出する。有権者は投票用紙に「政党名」を書く。

各党の得票数に基づいてブロックごとに議席を配分され、各政党の比例代表の名簿順位に従って当選人が決まる（拘束名簿式）。

突然の解散だったため、比例代表名簿が発表され、公認候補が確定したのは公示日の前日だった。

参田は、中国ブロックからの出馬で、比例名簿順位は十一人中五位になった。

――名簿五位か。今度こそ！　だがなんで広島代表で中国五県の最下位の五位？　でも可能性はある！

期待と不安が入り乱れた。

選挙資金は自宅を売却して調達した。

§

そして、あれよあれよという間に投開票の当日を迎えた。

大勢が判明したのは翌二十四日未明だった。

開票の結果は……。

三度目の正直、とはならなかった。またしても落選だった。

中国ブロックでの民友党の得票は百二十万票あまり。比例名簿の四位までが当選していた。

つまり、参田は「次点」だったのだ。

――あと一歩だったのに……。

惜しいところまでいっただけに、よけいに悔しさが込み上げてきた。

この衆院選で比例単独の一位で当選したのは、以前は他党にいた五十代の女性だった。選挙ブロックの出身者でもなく、ブロックの県で働いたこともない人が比例一位。参田は割り切れない気持ちになった。

――なぜなのか？　想像の域でしかないが、何か大きな力が働いたのか？

しかも、彼女は当選後、芸能タレントのようなアピールをしていた。

それに、比例区の候補者が当選した場合、そのブロックの県に所属するのが通例だが、半年を過ぎてもどこの県連も受け入れていなかった。これはあり得ない話だ。単に当選しやすそうだと踏んで、中国ブロックから出馬したのか。

しかし当選後、派閥だけは民友党の最大派閥に入った。

――俺はこんな候補者に負けたのか……。

理念も信念もないような人間が楽々当選し、本気で社会を変えたいと思っている人間が落選する。

今更ながら参田は、選挙の不条理を感じた。

落ち込む参田を元気づけたのは、今回も秘書の若井だった。

「社長！　落ち込んでいる暇なんかないですよ。そろそろ新しい会社のオフィスも探さなきゃ。ほら、仕事、仕事。あ、そうだ。その前に美味しいものでも食べに行きましょうよ！」

――俺は彼女に何度こうして勇気づけられてきたことか。

若井の笑顔を見ると、悩んでいるのがばかばかしくなってくる。

§

二〇一八年一月――。

参田は新たな会社「サンダメディカル」を設立した。

この会社で出す最初の目玉商品として考えていたのが「医療被ばく情報管理システム」だった。

これは、CT検査などの線量を適正に管理できるシステムだ。

現在、画像検査のプロトコルに法的な決まりはない。そこで、被ばく管理の方法としては診断参考レベル（DRL）を使用して線量管理をすることが世界的に広まっている。DRLというのは、国や地域の市場を解析し、検査機器や検査部位ごとに標準的な体格の患者での典型的な線量を設定したものだ。

多くの場合、線量のピークの七五パーセント（七五パーセントタイル値）前後にプロトコルを設定する。

参田の開発した医療被ばく情報管理システムでは、この七五パーセントタイル値が個々の患者ごとに自動的に得られる。患者の医療被ばくデータはクラウドに保存されるので、他の医療機関を受診しても、その患者が被ばくしている線量の総量がわかる。

さらに、このシステムの目的は、医療被ばくを少なくすることだけではない。被ばくを最小限にしながら、診断に耐えうる適正な画像を撮影することも視野においている。

二〇一八年春の診療報酬改定では画像診断管理加算が改変され、医療被ばく管理を含む画像情報の管理に専門医が関与した場合、一定の条件を満たした特定機能病院では三〇〇点が加算されることになった。

これで医療機関の医療被ばく管理が本格化することが予想された。

参田はわずかながら手応えを感じ始めていた。

同時に、自分への疑問が浮かぶ。

——やはり俺は、こうやってビジネスの側から医療改革を援護射撃するほうが性に合っているのだろうか？

だが、参田はすぐに気づく。ビジネス戦略と選挙戦略にはそう違いがないことに。トップ（候補者）が腹をくくって確固たる責任を持って現場を運営できるか。そして、本当に信頼できる仲間がいるか。そして、どれだけ多くの人の信用を得られるか。それが結果を左右する。

振り返ってみれば、二度の参議院議員選挙は事前に十分な戦略を立てられないまま始まり、流されてしまった。

衆議院議員選挙はこれまでの人脈をもっと活かすべきであった。民友党と連立政権を組むさわやか党の重鎮に会う機会があった。彼は党結成当時から尽力していた人物で、民友党内でも有名であった。その彼が民友党に参田のことで口添えをしてやろうと申し出てくれたのに、変に遠慮して断ってしまった。

時には図々しさも必要なのだと痛感させられた。

年末、参田は民友党の吉村とも選挙後初めて会った。

吉村はこう言って励ましてくれた。

「次点だから、可能性はあるということだ。この結果を受け入れて、これからも自分の信条に従ってしっかりと生きていくようにしなさい」

――そうか、まだ可能性はある。

よく言えば、彼はどこまでもポジティブな男だった。

若手のホープで信頼している民友党議員端谷の秘書にはこう言葉をかけられた。

「諦めない人は必ず永田町に帰ってくる」――。

こんな後日談も聞いた。

三度目の出馬に対して、全日本診療放射線技師会や他の医療団体の内部には批判的な声もあったらしい。

「二回落選し、しかも得票数はあの程度だ。もう民友党が公認するはずがないだろう」

それを説得したのが技師会幹部の内川だった。

「どうか参田を応援してやってくれ」と頭を下げて回ったという。

しかも、「あなたは参田に騙されている」と心ない言葉を投げかけられたこともあったらしい。すると内川は、目に涙を浮かべ、「参田はそんな奴ではない！　知りもしないのにあいつのことを悪く言うな！」と抗議してくれたという。

この話を人づてに聞いて、胸が熱くなった。ありがたかった。

選挙を応援してくれた医師も少なくない。同じ広島出身の日本でもトップの私大医学部の放射線診断科教授・山崎将大、参田が客員講師を務めている私大医学部の放射線科教授・平田拓哉、公私ともに親しくしている私大医学部の心臓外科教授・森野正照らの励ましは実に温かいものだった。

同じ診療放射線技師の仲間はもちろんのこと、岐阜の専門学校時代の同級生も三度の選挙を必死に応援してくれ、選挙前も選挙後も変わらず支え続けてくれている。

産業界からの支援も大きな力になった。後援会長を引き受け最後まで全力で応援してくれた福井エレクトロニクスの会長・坂元信一、松芝メディカルの社長・徳川弘幸、不動産業界のリーダー・橋田信博、五十社を超えるグループ企業の会長・佐々将也、キタヤマ印刷の社長・北山裕、ソフトウェア開発会社マックスの社長・米崎仁、大手出版社の社長・屋内紀一。いずれも、参田がビジネスの世界で頑張ってこなければ決して出会うことのなかった尊敬する大物企業家である。

ＳＡＮ時代の秘書だった森田幸貴も陰ながら参田の心の支えになった。仕事の効率は悪いが、とにかく人がいい。どんなときでも、参田にとって気を許せる存在だった。父と同じ鹿児島出身の西郷誠一は今でも社長と呼んで慕ってくれている。

参田の政治家への夢をいちばん応援していたのが広島の姉、知恵子だった。講演会の集客や選挙活動の際の車での送迎など、睡眠時間を削って引き受けた。資金面の援助もしてくれた。

渦中にいるときは自分のことで精一杯だった。目の前のことしか見えなかった。だが、熱狂から覚め、落ち着きを取り戻すと、自分がどれだけ多くの人たちに支えられていたかということに今更ながら思い至った。

いろいろな人の顔が浮かんでは消えた。

家族も支えてくれた。

息子は、参田の演説などを聞いて何か感じるところがあったのだろう。

「お父さんはすごいんだ！　僕は大きくなったらお父さんのようになって、たくさんの人を助ける。そして、みんなを守るんだ！」

時折、そんなことを言うようになった。

選挙が終わり、妻の心身の状態も落ち着いた。

家族は自分にとって最高の宝物だ。参田は改めてそう思った。いまは、家族四人で過ごす時間が何物にも代えがたい幸せだ。

参田は、三度の選挙をくぐり抜けて、こんな風に思うようになった。選挙というのは、そこに関わる人々の本当の人格や品性があからさまになる場だ、と。裏切られもした。だが、数えきれないほどの恩も受けた。立候補しなければ得られなかった多くの素晴らしい人たちとの出会いもあった。

三回も落ちた。呆れている知人も少なくないだろう。

だが、参田は自分のチャレンジを全く後悔していなかった。

二〇一八年二月、参田は、参議院選落選により辞退していた全日本診療放射線技師連合会の理事に復帰した。議員懇話会の活動もそろそろ再開したいと考えている。

健康診断のあり方、画像診断の方法の法制化、医療の研究費の問題、診療放射線技師の地位向上……いまだ何一つとして解決していない。

——俺にはまだやらなければならないことがある。返さなければならない恩もある。

「助かる命は絶対に助けなければならない」

参田はそのことを改めて胸に刻んだ。

§

二〇一八年、春——。

参田と若井は、新会社のオフィスでモーニングコーヒーを飲んでいた。

オフィスといってもレンタルのシェアオフィスである。

SANの全盛期には都心を一望できる八坪の社長室の住人だった参田だが、いまのオフィスは六畳ほどのウナギの寝床のような部屋にデスクが三つ並んでいるだけだ。電話も一回線しかない。

「なんか、神田時代を思い出しますよね」と若井。

「そうだな。あそこから始まったんだ。あの頃は何もなかった。それを思えば、怖いものなんかないよな」

それきり二人は押し黙り、過ぎ去った時間にそれぞれが思いを馳せていた。

その沈黙を打ち破るように、参田がかしこまって話し出す。

「……そういえばさ、来年また参議院選挙がある。衆議院もいつ解散があるかわからないよな」

「……」

「どう思う？」

「どうって……社長も懲りない人ですね」

「自分でもそう思うよ。目標実現のため最後までやり抜きたいんだ。俺には四度目の正直なんだ」

「でも、きっとそう言い出すと思ってました」

「これはあくまでも仮定の話だけど、もしまた出たら助けてくれるか？」

「うーん、特別ボーナスは出ますか？」といたずらっぽく笑う若井。

「ああ、わかった」

「冗談ですよ。もちろんお手伝いさせてもらいます。もう乗りかかった船ですから、沈むまで付き合います」

「縁起でもないことを言うなよ」

「社長、だいぶ元気になりましたね。安心しました」

そのセリフを聞いて、逆に参田は心配になった。

「……若井、明日も会社に来るよな？」

「え？　どうしてそんなこと聞くんですか？」

「だって、おまえは俺が大変なときは誰よりも親身になって助けてくれるけど、俺が調子を取り戻した途端に会社を休んだりするからさ」

「いやだなあ、人聞きが悪い。ちゃんと明日も出社しますよ」

若井は立ち上がって明るく参田の肩をたたいた。

「ほら社長、打ち合わせに遅れますよ。今日も頑張りましょ。またお金がかかるんだから、ばんばん稼がなきゃ！」

二人はオフィスを出る。

ビルにまぶしく乱反射する陽光に射たれて、参田はふと顔を上げた。

頭上には、春の澄みきった青空がどこまでも広がっている。

――先のことはわからない。だけど、ただ前を向いて進んでいくだけだ。

「よし、そろそろ行くとするか！」

参田は自分の信じる未来だけを見つめて、また新たな一歩を踏み出した。

東 将吾
1958(昭和33)年、広島県生まれ。
診療放射線技師。
東京都内の私立大学医学部客員講師。

その医用画像、異論あり

2018年5月16日　第1刷発行

著者　東《あずま》 将吾《しょうご》

発行所　ダイヤモンド社
〒150-8409　東京都渋谷区神宮前6-12-17
http://www.diamond.co.jp/
電話／03-5778-7235(編集) 03-5778-7240(販売)

製作進行　ダイヤモンド・グラフィック社
印刷　八光印刷(本文)・慶昌堂印刷(カバー)
製本　宮本製本所

編集担当　浅沼紀夫

ISBN 978-4-478-10517-7